繪詩經

呼蔥覓蒜 繪畫
張敏杰 編著

瑞昇文化

繪詩經

論詩未覺國風遠

——《繪詩經》引言

《詩經》，永恒的古老詩篇，共同的精神家園。

《詩經》，我國最早的一部詩歌總集，最初作《詩》，因有三百零五篇而省稱「三百篇」，春秋戰國時常常語之曰「《詩》三百」。孔子的儒家學派以《詩》為教本，與《書》《禮》《易》《春秋》《樂》一起通稱「六經」。時至漢代，始加「經」字而稱「詩經」，以彰顯這一典籍的重要，表其有神聖的價值和地位。

自西周至東周的春秋中葉，在長達五百多年的時間裡，詩集大概歷經三次較大規模的編集整理——第一次在昭王、穆王時代，第二次在宣王中興之時，第三次在東遷的平王時期，其後仍有少量增補。時至魯襄公二十九年（前544），吳國公子季札出使魯國，請求聆聽觀看周朝的音樂和舞蹈，魯國樂工歌唱表演的內容和次序，與流傳至今的《詩經》已大體相當。孔子當在這個集子的基礎上予以編訂和整理。

編錄在《詩經》的作品全為樂歌。周代上承上古及夏商文明，及至周公三年東征再次克殷基本完成統一大業，治定而制禮，功成以作樂，開創出「郁郁乎文哉」的燦爛文化。西周專門設置樂官以「樂德」（品德的標準）、「樂語」（入樂的詩歌）和「樂舞」（合樂的舞蹈）來教育貴族子弟。詩歌、音樂和舞蹈三者合為一體，既是古已有之的大傳統，又是西周禮樂文化的組成部分。即便有所謂的「徒詩」—

不配樂，只誦讀，想必音聲琅琅的主場景，亦不全在庠校、書齋內，而在廟堂上，燕飲時，禮儀舉行之際。

詩言志，歌永言。可以想見在遙遠的那個年代，篇章字句大都被之鐘鼓管弦，發之音聲，手之舞之，足之蹈之，時有樂律、舞姿相伴。詩的最初狀態，不是孤獨個體的案頭讀物，而是一場群體參與的文教盛典。在大司樂職掌的樂師教引下，詩句、曲調和動作姿態同頻共振，合乎陰陽律呂，節奏有疾有徐，或高或下；音聲有清有濁，或抑或揚。歌詩如風，渢渢而入，鼓蕩著胸襟，激揚起情志，置身「毋不敬」「思無邪」的精神場域中，人的心神氣質會在不知不覺中轉化、改變和升華。

這是詩的偉力，且無可替代。

昔日的詩在禮樂制度下，神理共契、政序相參，很是「熱鬧」。不學詩，無以言。時人誦詩三百，要授之以政，或賦詩言志，順美匡惡；學者或以《詩》證史，或引《詩》證事，甚而出現過以災異祥瑞解詩的思想運動。在社會功能上能讓個體「興、觀、群、怨」，在人倫政治上「邇之事父，遠之事君」，《詩》最不濟還可多識鳥獸草木之名，有博物多聞之益。

古今不同。在現代，《詩經》已是相對「冷清」的古典文本。它退守到大學殿堂成為深奧的專門之學，語詞箋注，分章析句，考索辨正一番後，文脈方可略通，詩意稍得彷彿。還好，詩學早已不在利祿之路上行進，不受秦火焦土的思想鉗制，以其「無用」或有大用。

曾經相伴相隨的音樂隱退了，舞蹈消歇了，只留下默默記憶古老歷史、堅守經學價值的孤獨的《詩》。雖然還有音樂詩人能演繹出柔美空靈的《在水一方》，還有《無衣》在古裝劇中高唱，但也只是老歌的新唱，古風的餘緒。幸好，我們還有繪畫，還有新藝術樣式的助力。

按徐復觀先生的考察，中國的詩畫融合經過了相當長的歷程。從不題寫在畫面上的題畫詩（以「詩聖」杜甫和詩畫兼工的王維最著名最有影響力），到以詩為畫的題材，再到以作詩的方法來作畫（如宋代李公麟深得杜甫作詩體制，並遷移至繪畫藝術創作中）。此前雖有晉明帝的《毛詩圖豳詩七月圖》，以《詩經·豳風·七月》為題材，因無取資於詩作的藝術性，故而對繪畫藝術的發展沒有太大影響。時至北宋，尤其經蘇軾、黃庭堅等人的論說，畫與詩在精神觀念和實際操作層面的融合已經成為整個時代的共識。

繪畫講求「文」，付諸視覺，終究是「看見」的藝術，而詩言志，詩緣情，表達的是志意和情感，長於「質」——在文辭真實自然的前提下來感動人。兩者在美的性格上有所不同，正如徐復觀先生所言，繪畫作品常常表現為「冷澈之美」，而詩則為「溫柔之美」。詩是無形之畫，我們當事詩如畫；畫又是不語、無聲之詩，我們更當品畫如詩。

說是詩畫融合，詩很早都在，一直都在，且有不可撼動的經典價值，當然要以畫為主，主動靠近。今天，新起的畫師已經在路上，以「國風」為題材，讓我們再一次「看見」《詩》。

《詩經》編為《風》《雅》《頌》三部分。其中《風》，又稱「國風」，分十五國風，計一百六十篇；《雅》，分《小雅》《大雅》，《小雅》七十四篇，《大雅》三十一篇，計一百零五篇；《頌》，分《周頌》《魯頌》《商頌》，《周頌》三十一篇，《魯頌》四篇，《商頌》五篇，計四十篇。簡而言之，《雅》是朝會和貴族禮儀燕享的樂歌，《頌》為宗廟祭祀的樂歌。下面，重點來談一下《國風》。

國風，在戰國時稱「邦風」。國、邦皆表特定的地區，既有諸侯所封之域，例如鄭、齊、秦等；又有周王屬地，例如周、召、豳等。風，是土風，即風土之音，地方樂調。

早在夏商之際，偏居西北一隅的周族，與占據中原地區的夏、商等族相比，還是遠遠落後的一方，甚至被視為粗野不文的戎狄。在部族領袖公劉的率領下，周人不以所居為居，不以所安為安，振作有為，遷都至豳，整治田疆，積儲糧食，鞏固擴大國家疆域。周道之興，自此開啟。及至文王，周雖為殷商的屬國，已然冊命為西伯，向西用兵伐犬戎、密須，繼而東進征伐耆、邘、崇等中原諸國。武王遵文王滅商遺志，推翻殷商中央政權而建立新的王朝。

周代施行封邦建國的分封制，受封的諸侯大致分為兩種：一是先代和功臣之後。如在周擔任陶正（掌製作陶器的官）的閼父，為虞舜之後，其子胡公受封於陳，是為陳國的始祖；而黃帝、帝堯、夏禹之後，則分別封於祝、黎和杞；開國有功的異姓也得到了分封，如姜尚封於營丘，建立齊國。二是同姓親屬。例如武王把同母弟管叔、蔡叔、霍叔分封於殷商故地的王畿地區，設立「三監」以對舊有勢力加強監督控制。商朝王畿一分而為衛、鄘、邶三部。

據載，自武王、周公至成王共分封七十一國，至宣王時還封其弟友於鄭，建鄭國。據說整個西周時期的國家有數百之多，到春秋時見諸史冊的還有一百四十多個國。《詩經》中的「十五國風」，即十五個邦國和地區的地方樂歌。十五國，包括當時中國的絕大部分地域，主要集中在黃河流域，並向南擴展到江漢流域，即今天的陝西、山西、河南、河北、山東，以及湖北北部。

一邦一國，既是共時的地緣空間，各國地理因素有所差異，方言土風不同；又是歷時的共通的文化精神的載體，雖世異語變，世變風移，但也在相當長的時段內保持「自我」的穩定性。例如邶、鄘和衛三者在地理地域上前後交錯相重，但各自的地方樂調特色鮮明，舊章不可亂，依然析分為三組，稱「邶風」、「鄘風」和「衛風」。

大自然的風，或微風拂面，或大風起兮，它是流動的，視而不見，卻能風行天下，無孔不入，有驚人的力量。從政教的角度來看，「風」有風動、教化之義。地方的民風民情通過歌詩的形式，可諷諫王政缺失（「下以風刺上」），反之，王政亦以之推行教化（「上以風化下」）。風，大了看是一國之事，小了看又關乎一身之感——男女詠歌，各言其情。正是經由「風」，個體生命的日常生活和施行政令的廟堂朝廷上下相接，心志和合，使得政治共同體一氣貫注，可有亨泰諧美之期。

至今還記得兒時入於耳的歌謠，那是自己的媽媽和其他媽媽在路燈下納鞋底時拿來「打趣」我以及其他小子的：「麻衣雀，尾巴長，娶個媳婦不要娘；把娘背到山後頭，媳婦住在炕頭上；韭菜葉，調酸湯，媳婦媳婦你先嘗……」麻籽，亮黑色，麻衣當謂鳥的羽色；雀，方言發「俏」的音；麻衣雀，當指喜鵲，年輕俊俏，活蹦亂跳。想想，那時媽媽哼起這首「古話」，大概在以之對我們弟兄三個進行「刺戒」教育吧。媽媽的娘家在沁河北岸，古稱孝敬里。據說地名與楚漢相爭時平定河內以奉行孝道著稱的司馬卬有淵源。若再往前推，依十五國風來劃分，這裡距洛陽不算遠，古謠古歌大略可歸屬在「王風」。我曾把「麻衣雀」當成故事講給自己的孩子，他像當年的我一樣，似懂非懂樂呵一下就跑開了。今天雖不再強求什麼溫柔敦厚之類的詩歌，但還是願意類似的「古話」「古謠」能隨風潛入，在他們這一代的心田裡或多或少留下一點痕跡，不求專對，但求能「不愚」。

《國風》列於《詩經》之首，作品數量過半，有獨特的地位和價值。自古以《國風》與《離騷》並稱，華夏代有才人，莫不以「風騷」為祖。本書以《國風》一百六十篇為著手處，一詩一畫，畫融詩意又別開新境。畫師是科班出身，靈秀，青春，有朝氣，屬行家裡手，創構空間、擬造物象慧心獨具，啟予者甚多。

空間布置淡雅悠遠，人物造形無其臉而有其魂，幻化而出的器皿，件件精美，承載著皎然可品的「美味」：山水草木、鳥獸蟲魚以及人世萬象。如此妙筆點染「故紙堆」，燃出新光芒，照亮了古老的詩篇。古風不古，真後生可畏。廣大讀者尤其是年輕的一代，若以此為津梁，愛上傳統，喜讀經典，進而研精詩旨，沉潛反復，同樣有「告諸往而知來者」之功（《論語· 學而》）。當然，《詩經》作為歷史記憶和文學遺產，其中的名物考辨，還當以文字為準。

元祐三年（1088 年），黃庭堅在《〈老杜浣花溪圖〉引》一詩中就一副畫卷，敘寫大詩人杜甫流落成都時的生活場景和精神狀態：詩人因戰亂而寓居在浣花溪畔，雖有友人青睞，亦頗受照顧，生活依然清苦，但即便破衣爛衫，也不忘探究治國修身之道，更未在詩藝精進的路上稍有停歇——「探道欲度羲皇前，論詩未覺國風遠」。黃庭堅深覺眼前這幅畫作，一定能讓後來的詩人們拜服禮敬的。其中理由，我想，不僅是繪畫的技藝有多精妙，多炫目，而是畫中的老杜與更老的詩人們相親相近，有著共通的精神血脈。

詩人們，讀者們，不遠「國風」而親近之，虛心涵泳，切己省察，自然能作育滋養出一顆用世之心，高尚其事，即如老杜一樣，便是在醉中也會眉攢生民之憂、天下之愁，最終能振起廣大氣象。

此書有畫，又有詩——已略作解題和注釋。詩在遠方，又在眼前；三百篇古老，而又年輕。我相信，我們的心源深處同樣具足一股偉力，借助看得見的畫意，體認歌者詩人的當時意思，領會往聖編「詩」成冊，前賢訓詁集傳的苦心孤詣，能在流觀泛覽、賞析吟哦中收穫一番自家道理。

微雨從東來，好風與之俱。唯願與諸位相勗勉。

张敏杰

序於北京首都師範大學文學院

周南

關雎．〇〇三
葛覃．〇〇五
卷耳．〇〇七
樛木．〇〇九
螽斯．〇一一
桃夭．〇一三
兔罝．〇一五
芣苢．〇一七
漢廣．〇一九
汝墳．〇二一
麟之趾．〇二五

召南

鵲巢．〇二九
采蘩．〇三一
草蟲．〇三三
采蘋．〇三五
甘棠．〇三七
行露．〇三九
羔羊．〇四一
殷其靁．〇四三
摽有梅．〇四五
小星．〇四七
江有汜．〇四九
野有死麕．〇五一
何彼襛矣．〇五五
騶虞．〇五七

邶風

柏舟．○六一
綠衣．○六五
燕燕．○六七
日月．○六九
終風．○七一
擊鼓．○七三
凱風．○七七
雄雉．○七九
匏有苦葉．○八一
谷風．○八三
式微．○八七
旄丘．○八九
簡兮．○九一
泉水．○九三
北門．○九五
北風．○九七
靜女．○九九
新臺．一○一
二子乘舟．一○五

鄘風

柏舟．一○九
墻有茨．一一三
君子偕老．一一五
桑中．一一七
鶉之奔奔．一二一
定之方中．一二三
蝃蝀．一二七
相鼠．一二九
干旄．一三一
載馳．一三三

衛風

淇奧·一三九
考槃·一四一
碩人·一四五
氓·一四七
竹竿·一五一
芄蘭·一五三
河廣·一五七
伯兮·一五九
有狐·一六三
木瓜·一六五

王風

黍离·一七一
君子于役·一七五
君子陽陽·一七七
揚之水·一七九
中谷有蓷·一八一
兔爰·一八三
葛藟·一八五
采葛·一八七
大車·一八九
丘中有麻·一九三

鄭風

緇衣．一九九
將仲子．二〇一
叔于田．二〇三
大叔于田．二〇七
清人．二一一
羔裘．二一三
遵大路．二一五
女曰雞鳴．二一七
有女同車．二一九
山有扶蘇．二二一
蘀兮．二二三
狡童．二二五
褰裳．二二七
丰．二二九
東門之墠．二三一
風雨．二三三
子衿．二三七
揚之水．二三九
出其東門．二四一
野有蔓草．二四五
溱洧．二四九

齊風

雞鳴．二五三
還．二五七
著．二五九
東方之日．二六一
東方未明．二六三
南山．二六七
甫田．二六九
盧令．二七一
敝笱．二七三
載驅．二七七
猗嗟．二八一

魏風

葛屨・二八七
汾沮洳・二八九
園有桃・二九三
陟岵・二九五
十畝之間・二九七
伐檀・二九九
碩鼠・三〇一

唐風

蟋蟀・三〇五
山有樞・三〇七
揚之水・三一一
椒聊・三一三
綢繆・三一五
杕杜・三一七
羔裘・三一九
鴇羽・三二一
無衣・三二三
有杕之杜・三二五
葛生・三二七
采苓・三二九

秦風

車鄰 · 三三三
駟驖 · 三三七
小戎 · 三三九
蒹葭 · 三四五
終南 · 三四七
黄鳥 · 三四九
晨風 · 三五一
無衣 · 三五三
渭陽 · 三五七
權輿 · 三五九

陳風

宛丘 · 三六三
東門之枌 · 三六五
衡門 · 三七一
東門之池 · 三七五
東門之楊 · 三七七
墓門 · 三七九
防有鵲巢 · 三八三
月出 · 三八七
株林 · 三九一
澤陂 · 三九三

檜風

羔裘・三九七
素冠・三九九
隰有萇楚・四〇一
匪風・四〇五

曹風

蜉蝣・四〇九
候人・四一一
鳲鳩・四一三
下泉・四一五

豳風

七月 · 四二〇
鴟鴞 · 四二五
東山 · 四二七
破斧 · 四三三
伐柯 · 四三五
九罭 · 四三九
狼跋 · 四四一

周南

周，為古部族名，亦為國號，始祖為後稷。至古公亶父時，遷居於岐山之南，新都為周原。武王克商後建立了周朝，自豐邑遷都於鎬京，因周為天下所宗，王都所在之地，稱為「宗周」。其後，成王為對廣大的東方地區加強統治，防止殷商貴族叛亂，在伊洛地區營建新邑作為東都，稱為「成周」。周公長期留守成周，主持東都政務，治理四方。周南，即為周公治下的區域，包括今河南、湖北的一部分。

《周南》共十一篇。有的作品產生在舊周之地，王公貴族用為「房中正樂」或「鄉樂」。周公為推行文王教化，曾將這些作品推廣至向南新開拓的廣大地區。作品多頌美周德之化，自古以來一直被視為中正和平之音，是「正風」的典型。

關雎

關雎

關關雎鳩，在河之洲。窈窕淑女，君子好逑。

參差荇菜，左右流之。窈窕淑女，寤寐求之。

求之不得，寤寐思服。悠哉悠哉，輾轉反側。

參差荇菜，左右采之。窈窕淑女，琴瑟友之。

參差荇菜，左右芼之。窈窕淑女，鐘鼓樂之。

此詩為貴族階層青年男女間的情詩，是結婚典禮的樂歌。作品溫潤嫻雅，從窈窕好逑到琴瑟和睦，音聲義涵皆中正和平。

● 關關：鳥鳴聲。 ● 雎鳩：水鳥名，據說此鳥生有定偶而不相亂，雌雄一起出遊時不相狎，古人稱之為貞鳥。 ● 洲：水中的沙灘陸地。 ● 窈窕：美心為窈，美狀為窕，合而言之謂美好。 ● 淑：女子賢良貞靜。 ● 逑：配偶。 ● 參差：長短不齊貌。 ● 荇（ㄒㄧㄥˋ）菜：多年生水草，嫩莖可食。 ● 流：摘取。 ● 寤：醒著。 ● 寐：睡著。 ● 思：語助詞，無實義。 ● 服：思念。 ● 琴瑟：兩者皆為古樂器，琴為七弦，瑟為二十五弦，常在一起合奏。 ● 友：親愛，親近。 ● 芼（ㄇㄠˋ）：擇取。 ● 樂之：使之快樂。

葛覃

葛覃

葛之覃兮，施于中谷，維葉萋萋。
黃鳥于飛，集于灌木，其鳴喈喈。
葛之覃兮，施于中谷，維葉莫莫。
是刈是濩，為絺為綌，服之無斁。
言告師氏，言告言歸。薄污我私，
薄浣我衣。害浣害否？歸寧父母。

從采葛煮葛到織布成衣，再到浣洗衣物，以煥然一新的面貌告歸省親，這首詩以此為線索，敘寫一位婦女的生活場景，忙碌之中有歡悅。

• 葛：多年生藤本植物，葛皮纖維可織成布。 • 覃：蔓延，延伸。 • 施（一ˋ）：延及。 • 中谷：谷中。 • 維：句首發語詞。 • 萋萋：茂盛貌。 • 黃鳥：黃雀。 • 喈喈：和鳴之聲。 • 莫莫：茂密貌。 • 刈（一ˋ）：收割。 • 濩（ㄏㄨㄛˋ）：煮。 • 絺（ㄔ）：細葛布。 • 綌（ㄒ一ˋ）：粗葛布。 • 服：穿上。 • 斁（一ˋ）：厭棄。 • 言：發語詞，無實義。 • 師氏：教導女子的保姆。 • 歸：歸寧，回娘家看望父母。 • 薄：動詞前的語助詞。 • 污：洗去污垢。 • 私：貼身的衣服，內衣。 • 浣：洗衣。一作「澣」。 • 害（ㄏㄜˊ）：何。 • 歸寧：回娘家省親問安。

卷耳

卷耳

采采卷耳，不盈頃筐。嗟我懷人，寘彼周行。

陟彼崔嵬，我馬虺隤。我姑酌彼金罍，維以不永懷。

陟彼高岡，我馬玄黃。我姑酌彼兕觥，維以不永傷。

陟彼砠矣，我馬瘏矣，我僕痡矣，云何吁矣。

一位貴族女子甚為感念遠行的丈夫，又推想他必定憂勞不已，想像彼此融為一體以成詩。

• 采采：采了又采。 • 卷耳：野菜名，又名蒼耳、苓耳。 • 頃筐：前低後高的斜口淺筐。 • 嗟：語助詞。 • 懷：思念。 • 寘（ㄓˋ）：放置。 • 周行（ㄓㄡ ㄒㄧㄥˊ）：大路。 • 陟（ㄓˋ）：登，升。 • 崔嵬（ㄨㄟˊ）：有石的土山。 • 虺隤（ㄏㄨㄟ ㄊㄨㄟˊ）：疲極而病，這裡形容馬的疲病。 • 姑：姑且，暫且。 • 酌：斟酒。 • 金罍（ㄌㄟˊ）：青銅製成的盛酒器皿。 • 維：發語詞。 • 永：長。 • 玄黃：馬因病而毛色由黑變黃。 • 兕觥（ㄙˋ ㄍㄨㄥ）：酒器，形似伏臥的犀牛。 • 砠（ㄐㄩ）：有土的石頭山。 • 瘏（ㄊㄨˊ）：疲極而致病。 • 痡（ㄈㄨ）：疲憊不堪。 • 云：語助詞，無實義。 • 吁：憂傷。

樛木

樛木

南有樛木，葛藟纍之。樂只君子，福履綏之。

南有樛木，葛藟荒之。樂只君子，福履將之。

南有樛木，葛藟縈之。樂只君子，福履成之。

以葛藤縈繞樛木，喻夫唱而婦隨，賀新婚，祝禱新郎福氣日增。

● 樛（ㄐㄧㄡ）：樹木向下彎曲。 ● 葛藟（ㄌㄟˇ）：葛蔓。 ● 纍：攀緣，纏繞。 ● 只：語氣詞，猶「哉」。 ● 福履：福氣，祿位。 ● 綏：安定，安寧。 ● 荒：掩，覆蓋。 ● 將：扶持，扶助。 ● 縈：纏繞。 ● 成：成就。

螽斯

螽斯羽，詵詵兮。宜爾子孫，振振兮。

螽斯羽，薨薨兮。宜爾子孫，繩繩兮。

螽斯羽，揖揖兮。宜爾子孫，蟄蟄兮。

據說螽斯一生九十九子，詩人以此起興，祝禱子孫興旺。

● 螽（ㄓㄨㄥ）斯：昆蟲名，產卵極多，繁殖能力強。 ● 詵詵：眾多貌。 ● 爾：你，這裡指受賀之人。 ● 振振：眾多成群貌，或言振奮有為。 ● 薨薨：昆蟲群飛之聲。 ● 繩繩：眾多貌，或言戒慎。 ● 揖揖：會集，眾多。 ● 蟄蟄：和集貌，或言安靜。

桃夭

桃夭

桃之夭夭，灼灼其華。之子于歸，宜其室家。

桃之夭夭，有蕡其實。之子于歸，宜其家室。

桃之夭夭，其葉蓁蓁。之子于歸，宜其家人。

桃花盛美，子實繁多，詩以此起興，詩祝賀新娘美滿幸福。

● 夭夭：木少壯美盛貌。 ● 灼灼：鮮艷盛開。 ● 華：花。 ● 于歸：出嫁。 ● 室家：與下文的「家室」，皆指配偶、夫婦。 ● 有蕡（ㄈㄣˊ）：猶「蕡蕡」，形容果實繁盛碩大。

兔罝

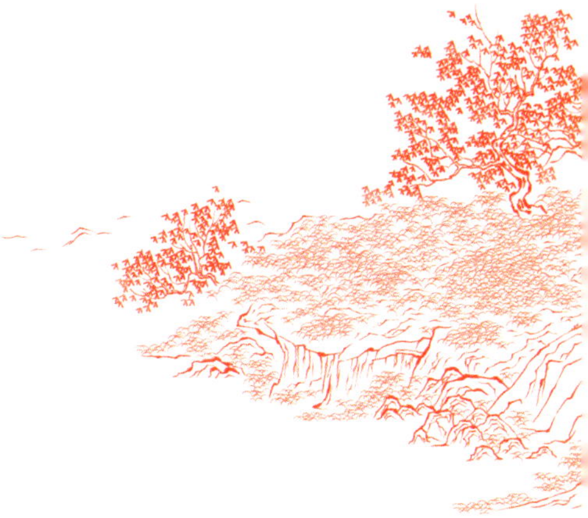

兔罝

肅肅兔罝，椓之丁丁。赳赳武夫，公侯干城。

肅肅兔罝，施于中逵。赳赳武夫，公侯好仇。

肅肅兔罝，施于中林。赳赳武夫，公侯腹心。

詩人讚美獵人威武有力，比作干城、心腹，以捍衛邦國。

● 肅肅：即「縮縮」，網目細密貌。 ● 罝（ㄐㄩ）：捕兔的網。 ● 椓（ㄓㄨㄛˊ）：敲擊，捶打，這裡指把木樁敲打入地，以固定捕網。 ● 丁丁：擬聲詞，擊打木頭之聲。 ● 干：盾。干與下文的城皆用以防衛，這裡喻捍衛者。 ● 逵：四通八達的大路。 ● 仇（ㄑㄧㄡˊ）：同「逑」，同伴，助手。 ● 林：野外。 ● 腹心：猶「心腹」，親信。

芣苢

芣苢

采采芣苢，薄言采之。采采芣苢，薄言有之。
采采芣苢，薄言掇之。采采芣苢，薄言捋之。
采采芣苢，薄言袺之。采采芣苢，薄言襭之。

這是一首勞動者唱出的短歌，描繪婦女們採集車前草的情形。

● 采采：采之又采。 ● 芣苢（ㄈㄡˊ ㄧˇ）：車前草。 ● 薄：語助詞，含勸勉之意。 ● 有：採取。 ● 掇：拾取。 ● 捋（ㄌㄩˇ）：以手握物，順勢扯取。 ● 袺（ㄐㄧㄝˊ）：手提衣襟以兜東西。 ● 襭（ㄒㄧㄝˊ）：把衣襟掖繫在腰帶間以兜東西。

漢廣

漢廣

南有喬木，不可休思。漢有游女，不可求思。
漢之廣矣，不可泳思。江之永矣，不可方思。

翹翹錯薪，言刈其楚。之子于歸，言秣其馬。
漢之廣矣，不可泳思。江之永矣，不可方思。

翹翹錯薪，言刈其蔞。之子于歸。言秣其駒。
漢之廣矣，不可泳思。江之永矣，不可方思。

一個男子愛慕女子，求而不得，於是作詩以自歎。

● 喬：高大。 ● 休：休息。 ● 思：語末助詞，無實義。 ● 漢：水名，漢水。 ● 游女：出遊的女子。 ● 永：長。 ● 方：乘竹木製成的筏子以渡水。 ● 翹翹：高出貌。 ● 錯：錯雜。 ● 薪：木柴，柴草。 ● 言：乃。 ● 刈（ㄧˋ）：割。 ● 楚：荊條。 ● 之子：這個人。 ● 于歸：出嫁。 ● 秣：餵馬。 ● 蔞（ㄌㄩˊ）：蔞蒿。

汝墳

汝墳

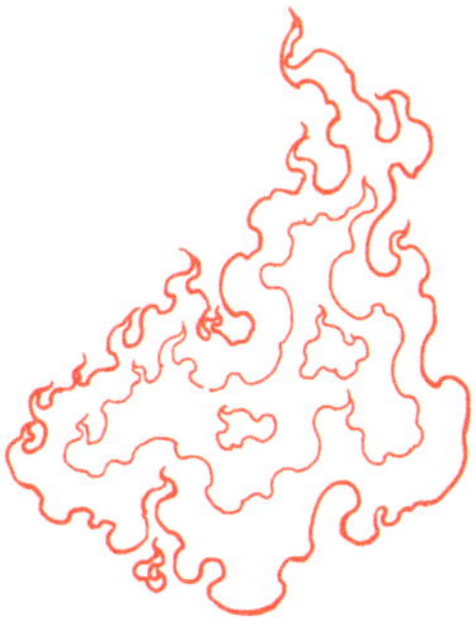

遵彼汝墳，伐其條枚。未見君子，惄如調飢。

遵彼汝墳，伐其條肄。既見君子，不我遐棄。

魴魚赬尾，王室如燬。雖則如燬，父母孔邇。

王室施行暴政，丈夫只能遠役在外，妻子只得在汝水邊上勞作砍柴，於是乎她在詩中寄寓痛切的思念和深沉的憂慮。

• 遵：循，沿著。 • 汝：水名，汝水。 • 墳：通「濆」，堤岸。 • 條：樹枝。 • 枚：樹幹。 • 惄（ㄋㄧˋ）：憂思難過。 • 調飢：早上飢餓思食。調，通「朝」。 • 肄（ㄧˋ）：砍伐之後再生的枝條。 • 遐棄：遠棄，這裡意謂遠離。 • 魴（ㄈㄤˊ）：鯿魚。 • 赬（ㄔㄥ）：赤色。 • 燬：烈火燒。 • 孔：甚。 • 邇：近。

麟之趾

麟，即麒麟，是毛類動物的代表，與鳳、龜、龍並稱「四靈」。麟，在源遠流長的民俗文化中，是一種能給人帶來子嗣的神獸。中國民間一直都有「麒麟送子」的說法，把聰穎異常的小孩子稱為「麒麟兒」。例如大詩人杜甫稱美友人的兩個兒子天生絕奇，即有「並是天上麒麟兒」的詩句（《徐卿二子歌》）。結婚典禮時，人們撰寫對聯以表祝賀，橫批亦常用「麟趾呈祥」，有祝祈早生貴子之意。

麟之趾

麟之趾，振振公子，于嗟麟兮。

麟之定，振振公姓，于嗟麟兮。

麟之角，振振公族，于嗟麟兮。

以一首喜慶的頌美詩，祝願公族子嗣盛多。

• 麟：麒麟，傳說中的仁瑞之獸，鹿身，牛尾，馬蹄，一角。 • 趾：或作「止」，蹄子。 • 振振：多而成群，或振奮有為貌。 • 于（ㄒㄩ）嗟：感歎詞，表讚美。 • 定：通「頂」，額頭。

召南

召，古通「邵」，古邑名，在今陝西岐山西南，為武王之弟姬奭的封邑，是為召公。召公在成王時任太保，與周公旦分陝（今河南峽縣西南）而治。陝以西由召公治理，陝以東由周公主政。召南，指召公治下的南方諸侯國，區域已達長江流域。

《召南》共十四篇。《周南》《召南》，並稱「二南」。作品產生的時間自西周前期至春秋前期，前後共幾百年時間，既有周土的舊歌謠，又雜以南國地區的新作。因周公假天子之禮樂，所采之風稱「王者之風」，《周南》故而居首；《召南》則為「諸侯之風」，由此居其次。

鵲巢

鵲巢

維鵲有巢，維鳩居之。之子于歸，百兩御之。

維鵲有巢，維鳩方之。之子于歸，百兩將之。

維鵲有巢，維鳩盈之。之子于歸，百兩成之。

女子出嫁，進而居住到夫家，詩人以「鳩居鵲巢」為比為興，頌美婚姻關係的締結。男方盛情迎接，可見典禮之隆重。

● 維：語首助詞。 ● 居：居住。鳩不會築巢，常占據鵲的巢而居之 ● 之子：這個人。 ● 于歸：出嫁。 ● 百：虛數，言其多。 ● 兩：通「輛」。 ● 御（ㄧㄚˋ）：通「迓」，迎接。 ● 方：占有。 ● 將：護送。 ● 盈：滿，住滿，這裡謂陪嫁的人多 ● 成：婚禮禮成。

采蘩

采蘩

于以采蘩？于沼于沚。于以用之？公侯之事。

于以采蘩？于澗之中。于以用之？公侯之宮。

被之僮僮，夙夜在公。被之祁祁，薄言還歸。

這是一首描繪婦女為公侯養蠶，參加宗廟祭祀活動的樂歌。

• 于以：猶言在哪裡，到哪裡。 • 蘩（ㄈㄢˊ）：白蒿，可用於養蠶，亦可作祭祀之用。 • 沼：池。 • 沚：水塘。 • 澗：兩山間的水流。 • 宮：蠶室，宗廟。 • 被：通「髮」，以假髮梳成的高髻。 • 僮僮：高聳貌。• 夙夜：早晚。 • 在公：為公家做事。 • 祁祁：眾多貌。

草蟲

草蟲

喓喓草蟲，趯趯阜螽。未見君子，憂心忡忡。
亦既見止，亦既覯止，我心則降。
陟彼南山，言采其蕨。未見君子，憂心惙惙。
亦既見止，亦既覯止，我心則說。
陟彼南山，言采其薇。未見君子，我心傷悲。
亦既見止，亦既覯止，我心則夷。

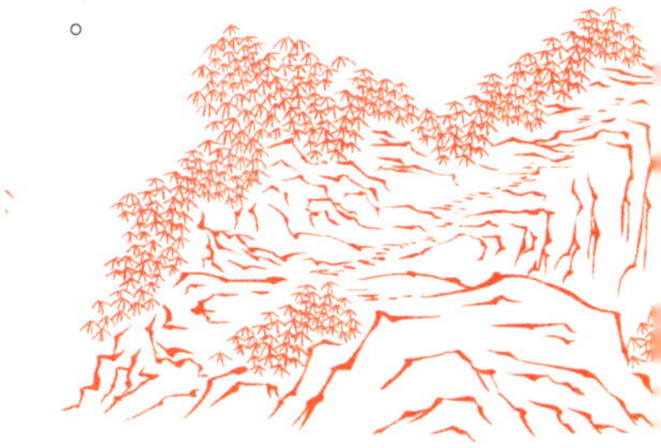

秋意蕭索，妻子思念在外的丈夫，並為此憂心忡忡，她也只能想像丈夫回家時團聚的歡喜情境。

喓喓：蟲鳴聲。 草蟲：蟈蟈。 趯趯：昆蟲跳躍貌。 阜螽（ㄈㄨˋ ㄓㄨㄥ）：蚱蜢。 亦：語氣詞。 既：已經。 止：之，代指詩中的「君子」。 覯（ㄍㄡˋ）：通「遘」，會見，相合。 降：放下，懸著的心放鬆下來。 言：乃。 蕨：野菜名。 惙惙：憂慮不安貌。 說：通「悅」，喜悅。 薇：野菜名，俗稱野豌豆苗。 夷：平靜。

采蘋

采蘋

于以采蘋？南澗之濱。于以采藻？于彼行潦。

于以盛之？維筐及筥。于以湘之？維錡及釜。

于以奠之？宗室牖下。誰其尸之？有齊季女。

貴族女子在出嫁前要告祭祖廟，此詩敘寫置辦祭品的過程。

● 于以：在哪裡。● 蘋（ㄆㄧㄣˊ）：一種生在淺水中的水草，又稱白蘋。● 濱：水邊。● 藻：水藻。● 行：通「衍」，溝中流水。● 潦（ㄌㄠˇ）：雨後積水。● 維：發語詞。● 筥（ㄐㄩˇ）：圓形竹筐。● 湘：通「鬺」，烹煮。● 錡：三足鍋。● 釜：無足鍋。● 奠：置放祭品。● 宗室：宗廟。● 牖（ㄧㄡˇ）：窗。● 尸：主持祭祀。● 齊：美好而虔敬。● 季女：少女。

甘棠

甘棠

蔽芾甘棠，勿翦勿伐，召伯所茇。

蔽芾甘棠，勿翦勿敗，召伯所憩。

蔽芾甘棠，勿翦勿拜，召伯所說。

人們追思周宣王時的大臣召伯的功勞政績，由此作詩以頌美之。

● 蔽芾（ㄅㄧˋ ㄈㄟˋ）：樹木茂盛貌。 ● 甘棠：棠梨樹。 ● 召（ㄕㄠˋ）伯：召穆公，姓姬，名虎，西周初召公奭的後人。 ● 茇（ㄅㄚˊ）：住宿。 ● 敗：摧毀。 ● 憩：休息。 ● 拜：通「扒」，拔掉。 ● 說：通「稅」，停馬解車而歇息。

行露

行露

厭浥行露，豈不夙夜，謂行多露。

誰謂雀無角，何以穿我屋？誰謂女無家，
何以速我獄？雖速我獄，室家不足！

誰謂鼠無牙，何以穿我墉？誰謂女無家，
何以速我訟？雖速我訟，亦不女從！

女子自述己志，在詩中反詞詰問拒斥自己不中意的這個男人，誓言即便鬧到打官司的地步，也要抗爭到底。

● 厭浥（一ˋ 一ˋ）：潮濕貌。厭，通「湆」；幽濕。 ● 行：道路。 ● 夙夜：早晚，這裡有早起趕路之意。 ● 謂：猶「唯」，發語詞。 ● 角：鳥嘴。 ● 女：通「汝」，你。 ● 無家：沒有妻室。 ● 速：招致。 ● 獄：爭訟，打官司。 ● 不足：不成功。 ● 墉：墻壁。 ● 訟：爭訟，打官司。 ● 女從：即「從汝」，順從你。

羔羊

羔羊

羔羊之皮，素絲五紽。退食自公，委蛇委蛇。

羔羊之革，素絲五緎。委蛇委蛇，自公退食。

羔羊之縫，素絲五總。委蛇委蛇，退食自公。

官老爺們身穿小羊皮製成的襖，在朝廷公門享用過了膳食，步履不慌不忙，洋洋自得。

● 素絲：未經染色的白色絲。 ● 紽（ㄊㄨㄛˊ）：古時以五絲為紽。四紽為緎，四緎為總。 ● 退食：指公卿大夫在朝廷上吃過飯後回家。 ● 公：公門，朝廷。 ● 委蛇（ㄨㄟ ㄧˊ）：走路從容自得貌。 ● 縫：衣服縫製合身得體。

殷其靁

殷其靁

殷其靁，在南山之陽。何斯違斯，莫敢或遑？
振振君子，歸哉歸哉！

殷其靁，在南山之側。何斯違斯，莫敢遑息？
振振君子，歸哉歸哉！

殷其靁，在南山之下。何斯違斯，莫或遑處？
振振君子，歸哉歸哉！

一位女子思念在外的丈夫，期盼他早日回家。

● 殷：雷震之響。 ● 其：語助詞，無實義。 ● 靁（ㄌㄟˊ）：同「雷」字。 ● 陽：山的陽坡，即南面。 ● 何斯：為何在這個時間。 ● 違斯：遠離這裡。 ● 或：有。 ● 遑：閒暇。 ● 振振：勤奮有為貌。 ● 息：喘息。 ● 處：安居。

摽有梅

摽有梅

摽有梅，其實七兮。求我庶士，迨其吉兮。

摽有梅，其實三兮。求我庶士，迨其今兮。

摽有梅，頃筐塈之。求我庶士，迨其謂之。

酸甜的梅子一一落地，而青春也在流逝，一位待嫁的女子心直口快，勇敢潑辣，歌詠出自己的渴望和熱盼：早日成就一份姻緣吧。

● 摽（ㄆㄧㄠˇ）：落。 ● 有：語助詞，無實義。 ● 實：果實。 ● 七：七成。此句謂樹上未落的梅子還剩七成。 ● 庶：眾。 ● 士：未婚男子。 ● 迨（ㄉㄞˋ）：趁著。 ● 吉：吉日。 ● 今：今天，意謂無須等到吉日了。 ● 塈（ㄒㄧˋ）：取。 ● 謂：通「會」，聚會。

小星

小星

嘒彼小星，三五在東。肅肅宵征，夙夜在公。寔命不同！

嘒彼小星，維參與昴。肅肅宵征，抱衾與裯。寔命不猶！

點點星光之下，趕著夜路，為的還是給公家辦差。在詩中，這位小官吏一方面自表勤苦，一方面又嗟歎自己命運不濟。

● 嘒（ㄏㄨㄟˋ）：微光閃爍。● 三五：虛數，言星辰的稀少寥落。● 肅肅：迅疾貌。● 宵征：夜色中趕路。● 夙夜：早晨和夜晚，這裡謂大早上。● 在公：為公家辦事。● 寔：同「是」，這。● 參（ㄕㄣ）：與下文的昴（ㄇㄠˇ）皆為星宿名，即上文所言的「三五在東」。● 衾（ㄑㄧㄣ）：被子。● 裯（ㄔㄡˊ）：床帳。● 不猶：不如，不似，意謂不似他人那麼好。

江有汜

江有汜，之子歸，不我以。不我以，其後也悔。

江有渚，之子歸，不我與。不我與，其後也處。

江有沱，之子歸，不我過。不我過，其嘯也歌。

棄婦遭到了拋棄，自然生出哀怨嗟歎之意，而在情感上又放不下，盼著心上人回心轉意，最後不得已長嘯歌吟，聊以自慰。

● 江：長江。 ● 汜（ㄙˋ）：由主流分出，又匯入主流的水。 ● 之子：指丈夫的新歡。 ● 歸：嫁來。 ● 以：用。此句意謂不需要我了。 ● 後：將來。 ● 也：語中助詞，表停頓。 ● 渚：江中的小沙洲。 ● 與：和，同。 ● 處：居處，這裡謂居住在一起。 ● 沱：長江的支流。 ● 過：過訪，謂到我這裡來。 ● 嘯：撮口作聲。

野有死麕

野有死麕

野有死麕，白茅包之。有女懷春，吉士誘之。

林有樸樕，野有死鹿。白茅純束，有女如玉。

舒而脫脫兮，無感我帨兮，無使尨也吠。

青年男女的愛戀和相會，情境情緒總是那麼幽婉動人。

麕（ㄐㄩㄣ）：獐子。 白茅：一種潔白柔滑的草。 吉士：猶言善士，對男子的美稱。 樸樕（ㄙㄨˋ）：叢生雜木。 純（ㄊㄨㄣˊ）：捆，包。 舒：舒緩，遲緩。 脫脫：從容緩慢。 感：通「撼」，動。 帨（ㄕㄨㄟˋ）：女子的佩巾。 尨（ㄇㄤˊ）：多毛的猛狗。

何彼襛矣

「釣」字在《詩經》中出現了四次。釣，意謂用釣具從水裡獲取水生動物，魚當然是最主要的，也是最重要的。《詩經》提到大小不一各種各樣的魚類，多達四十多次。魚，作為詩的興象、意象，有實寫的，也有象徵意義的。魚，可象徵豐收和富庶，本身還有配偶、情侶之義，隱含生殖崇拜的意味。釣魚之「釣」，由此亦有特定的內涵。持竿河畔，當然是為了得到魚，亦好比一個女子到了年齡等待聘禮成婚成家一樣。

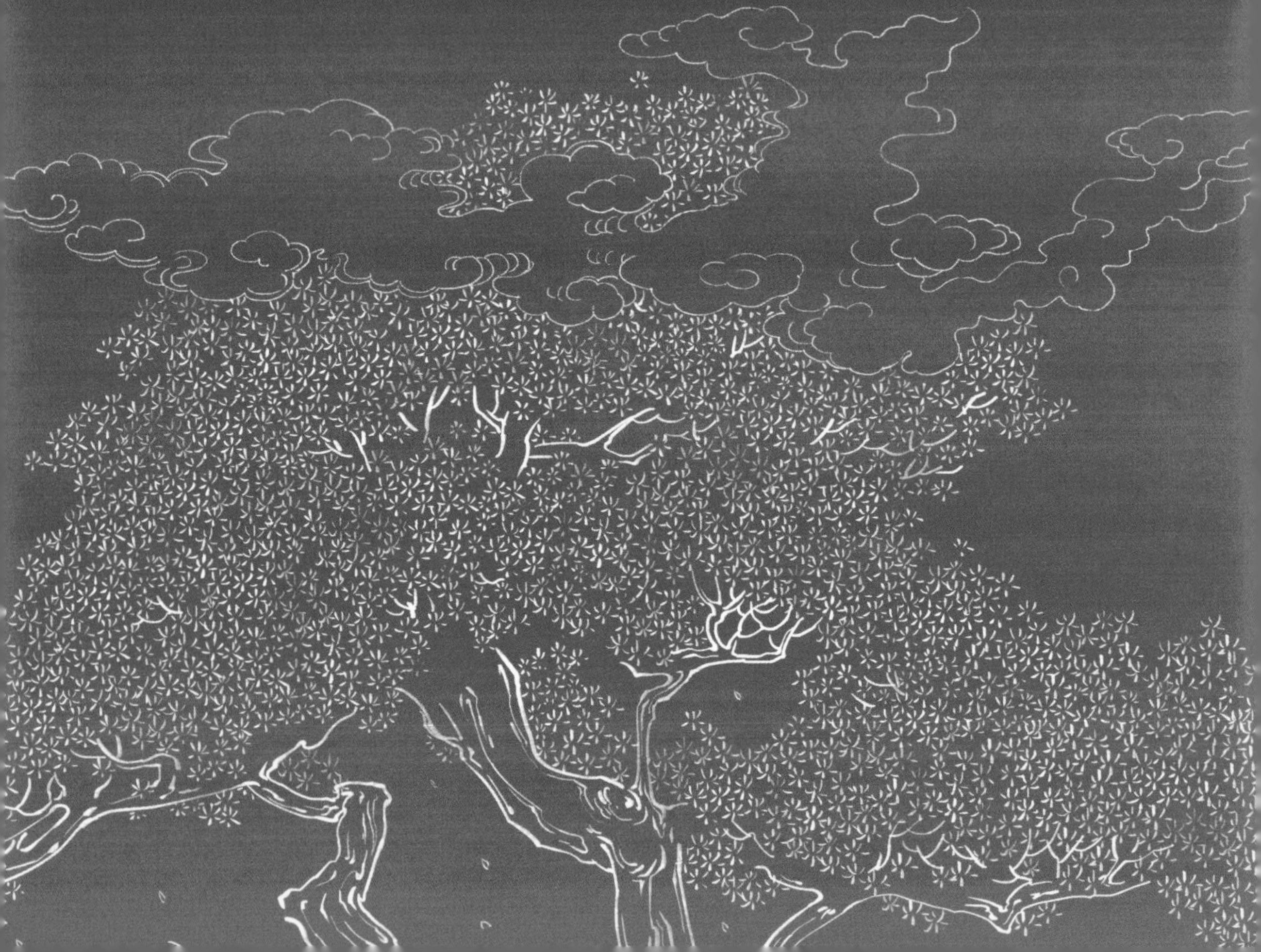

何彼襛矣

何彼襛矣？唐棣之華。曷不肅雝？王姬之車。

何彼襛矣？華如桃李。平王之孫，齊侯之子。

其釣維何？維絲伊緡。齊侯之子，平王之孫。

周王室的女兒下嫁諸侯，盡顯華貴的氣派和雍容的景象。

● 襛（ㄋㄨㄥˊ）：繁盛鮮艷貌。 ● 唐棣（ㄉㄧˋ）：亦作「棠棣」，樹名。 ● 華：古「花」字。 ● 曷：何。
● 肅雝（ㄩㄥ）：肅正，和諧。雝，通「雍」 ● 王姬：周天子女兒的稱號。 ● 平王：周平王。 ● 孫：孫女。
● 齊侯：齊國君主。 ● 釣：釣魚的工具。 ● 伊：同「維」，語助詞。 ● 緡（ㄇㄧㄣˊ）：釣魚的絲繩。

騶虞

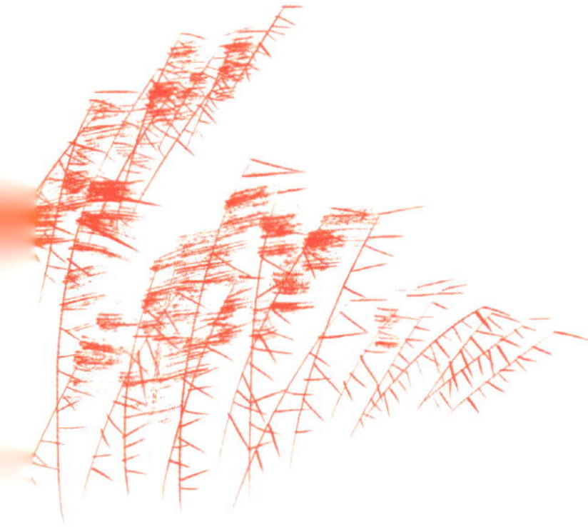

騶虞

彼茁者葭，壹發五豝，于嗟乎騶虞！

彼茁者蓬，壹發五豵，于嗟乎騶虞！

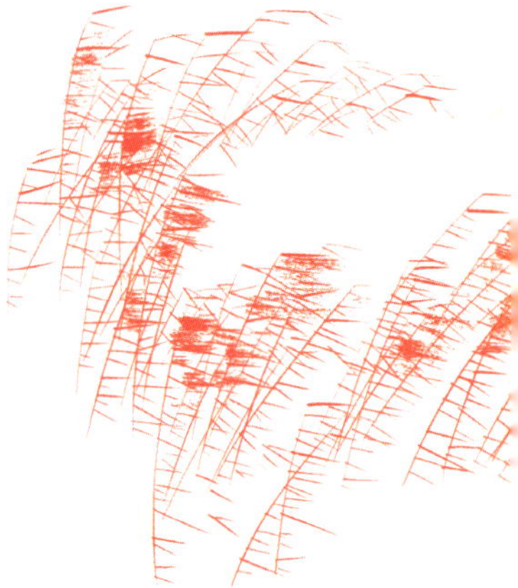

這首短歌讚美了技藝非凡的射手。

• 茁：草剛長出地面。 • 葭：初生的蘆葦。 • 壹：發語詞，無實義。 • 發：射箭。 • 豝（ㄅㄚ）：兩歲的小豬。 • 于嗟乎：表讚歎。于，同「吁」。 • 騶（ㄗㄡ）虞：周天子的掌管馬匹獸類的官員。 • 蓬：蓬草，乾枯後隨風飛旋飄蕩，又稱「飛蓬」。 • 豵（ㄗㄨㄥ）：一歲的小豬。

邶風

周武王滅商後，封紂王之子武庚為殷侯，仍留在商之舊都區域；把商的王畿區域一分為三，設立「三監」以就近監督統治：以殷都以南為衛，由管叔監之；殷都以東為鄘，由蔡叔監之；殷都以北為邶，由霍叔相武庚而監之。

邶，在殷都朝歌（今河南淇縣）之北，地域大致相當於今山西東南邊緣、河南北部、河北南部，以及中部部分地區。《邶風》共十九篇。

柏舟

汎彼柏舟，亦汎其流。耿耿不寐，如有隱憂。微我無酒，以敖以遊。

我心匪鑒，不可以茹。亦有兄弟，不可以據。薄言往愬，逢彼之怒。

我心匪石，不可轉也。我心匪席，不可卷也。威儀棣棣，不可選也。

一個正直的臣屬在詩中抒寫對時局國政的憂慮和人生困境的煩悶。也有說法認為是婦女淒怨之作。

● 汎：漂盪貌。 ● 柏舟：以柏木製成的舟。 ● 流：河流。 ● 耿耿：煩躁心焦。 ● 如：乃，而。 ● 隱憂，深憂。隱，或作「殷」。 ● 微：非。 ● 敖：同「遨」。 ● 匪：通「非」。 ● 鑒：銅鏡。 ● 茹：容納。 ● 據：依靠。 ● 薄：語助詞。 ● 愬（ㄙㄨˋ）：同「訴」。 ● 轉：轉動，滾動。 ● 棣棣：雍容嫻靜貌。 ● 選：通「算」，計數。

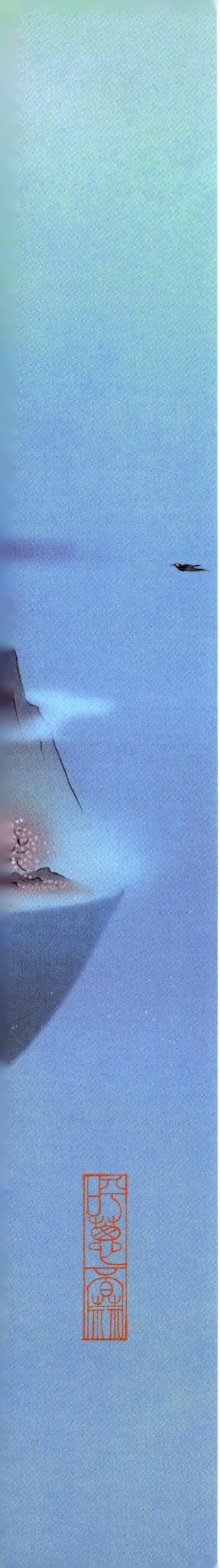

憂心悄悄，慍于群小。覯閔既多，受侮不少。

靜言思之，寤辟有摽。

日居月諸，胡迭而微？心之憂矣，如匪澣衣。

靜言思之，不能奮飛。

● 悄悄：愁悶貌。 ● 慍：怨，怒。 ● 群小：眾小人。 ● 覯（ㄍㄡˋ）：通「遘」，遇見。 ● 閔：憂患。 ● 靜：仔細。 ● 言：語助詞。 ● 辟：通「擗」，捶胸。 ● 摽（ㄆㄧㄠˇ）：拊心，捶胸。 ● 居：與下文的諸均為語助詞，無實義。 ● 胡：何，為什麼。 ● 迭：更迭。 ● 微：昏暗不明。 ● 澣（ㄏㄨㄢˇ）：同「浣」，洗滌，洗濯。

绿衣

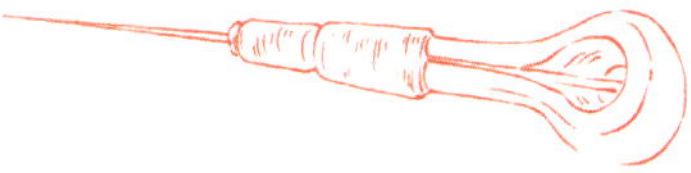

綠衣

綠兮衣兮，綠衣黃裡。心之憂矣，曷維其已！

綠兮衣兮，綠衣黃裳。心之憂矣，曷維其亡！

綠兮絲兮，女所治兮。我思古人，俾無訧兮！

絺兮綌兮，淒其以風。我思古人，實獲我心！

丈夫在這首詩中以衣裳為主線來悼念亡妻。

• 裡：衣服的襯裡。 • 曷：何。 • 維：助詞。 • 其：代指憂思。 • 已：止。 • 裳：下身的衣服。 • 亡：通「忘」，忘記。 • 治：整理紡織。 • 古人：這裡指亡妻。古，通「故」。 • 俾（ㄅㄧˋ）：使。 • 訧（ㄧㄡˊ）：同「尤」，過錯。 • 絺（ㄔ）：細葛布。 • 綌（ㄒㄧˋ）：粗葛布。 • 淒其：同「淒淒」，涼。

燕燕

燕燕

燕燕于飛，差池其羽。之子于歸，遠送于野。
瞻望弗及，泣涕如雨。

燕燕于飛，頡之頏之。之子于歸，遠于將之。
瞻望弗及，佇立以泣。

燕燕于飛，下上其音。之子于歸，遠送于南。
瞻望弗及，實勞我心。

仲氏任只，其心塞淵。終溫且惠，淑慎其身。
先君之思，以勗寡人。

詩人送人遠嫁，臨行惜別，情真意切，令人悵然欲泣。這是中國詩學史上最早的送別詩。

● 于：句中語助詞。 ● 差（ㄘ）池：不齊貌。 ● 之子：這個人，指要送別的人。 ● 于歸：出嫁。 ● 頡（ㄒㄧㄝˊ）：鳥向下飛。 ● 頏（ㄏㄤˊ）：鳥向上飛。 ● 將：送。 ● 下上：飛下飛上，下上其音謂皆可聽聞鳥鳴叫之聲。 ● 仲氏：排行居中的二妹。 ● 任：美善。 ● 只：語助詞。 ● 塞淵：篤厚誠實，思慮深遠。 ● 終：既。 ● 先君：故去的國君。 ● 勗（ㄒㄩˋ）：勉勵。 ● 寡人：國君的自稱。諸侯夫人也可自稱寡人。此為詩人的自稱。

日月

日居月諸，照臨下土。乃如之人兮，逝不古處。
胡能有定？寧不我顧。
日居月諸，下土是冒。乃如之人兮，逝不相好。
胡能有定？寧不我報。
日居月諸，出自東方。乃如之人兮，德音無良。
胡能有定？俾也可忘。
日居月諸，東方自出。父兮母兮，畜我不卒。
胡能有定？報我不述。

莊姜是衛莊公的夫人，後遭莊公遺棄，故而在詩中訴其幽憤之懷。

●居：與下文的諸均為語氣詞，無實義。 ●乃：可是。 ●如之人：像這個人。 ●逝：發語詞。 ●古處：舊的。 ●胡：何。 ●定：停止。 ●寧：竟，乃。 ●冒：覆蓋。 ●德音：這裡指好的言行。 ●俾（ㄅㄧˋ）：使。 ●畜：愛。 ●卒：終。 ●不述：不依循常道。述，遵循。

終風

終風

終風且暴，顧我則笑，謔浪笑敖，中心是悼。

終風且霾，惠然肯來，莫往莫來，悠悠我思。

終風且曀，不日有曀，寤言不寐，願言則嚏。

曀曀其陰，虺虺其靁，寤言不寐，願言則懷。

一位婦女遭到丈夫的欺侮，故而作詩以遣懷。傳統上認為這位婦女即莊姜，丈夫即為人狂蕩暴虐的衛莊公。

● 終：既。 ● 暴：迅疾；或作「瀑」，疾雨。 ● 則：而。 ● 謔浪：以浪蕩的言語進行戲謔。 ● 笑敖：以放縱的方式進行調笑。 ● 中心：心中。 ● 悼：傷心，懼怕。 ● 惠然：順從貌。 ● 曀（ㄧˋ）：天氣陰暗。 ● 寤：醒著。 ● 言：語助詞。 ● 不寐：睡不著。 ● 願：思慮。 ● 言：助詞，無實義。 ● 嚏：打噴嚏。 ● 虺虺：雷聲。 ● 懷：思念。

擊鼓

擊鼓

擊鼓其鏜，踴躍用兵。土國城漕，我獨南行。
從孫子仲，平陳與宋。不我以歸，憂心有忡。
爰居爰處？爰喪其馬？于以求之？于林之下。
死生契闊，與子成說。執子之手，與子偕老。
于嗟闊兮，不我活兮。于嗟洵兮，不我信兮。

衛莊公的庶子州吁好武尚兵，襲殺其兄桓公，自立為君，並聯合宋、陳、蔡等國舉兵伐鄭。國人心生怨言，故而在詩中敘寫一個士兵被迫出征異國的經歷。詩人追述當初與妻子臨別時的誓言，表達有家難回的怨憤之情。

• 鏜（ㄊㄤ）：擬聲詞，鼓聲。 • 兵：兵器。 • 土：用土築城。 • 國：都城。 • 城：修築城墻。 • 漕：衛國的城邑名。 • 孫子仲：此次出兵爭戰的將領，衛國的公孫文仲。 • 平：調解糾紛。 • 有忡：猶「忡忡」，憂慮不安貌。 • 爰（ㄩㄢˊ）：在哪裡，在何處。 • 于以：在哪裡，在何處。 • 契：合。 • 闊：離。 • 成說：成約，立誓。 • 于嗟：悲歎聲。 • 活：通「佸」，相會。 • 洵：遠，久遠。 • 信：信守約定。

凱風

凱風自南，吹彼棘心。棘心夭夭，母氏劬勞。

凱風自南，吹彼棘薪。母氏聖善，我無令人。

爰有寒泉，在浚之下。有子七人，母氏勞苦。

睍睆黃鳥，載好其音。有子七人，莫慰母心。

這首詩寫兒子頌美母親，自責不能為母分憂。

• 凱風：南風，夏天的和風。 • 棘心：棘即酸棗樹。棘心，酸棗樹初發的嫩芽是赤色的，如赤心。 • 夭夭：茁壯，茂盛。 • 劬（ㄑㄩˊ）勞：辛苦，勞累。 • 棘薪：酸棗樹已長到可成薪柴的階段。 • 令：美善。 • 爰：發語詞，無實義。 • 浚（ㄐㄩㄣˋ）：邑名，在衛國。 • 睍睆（ㄒㄧㄢˋ ㄏㄨㄢˇ）：鳴聲婉轉和美。 • 載：則。

雄雉

雄雉

雄雉于飛，泄泄其羽。我之懷矣，自詒伊阻。
雄雉于飛，下上其音。展矣君子，實勞我心。
瞻彼日月，悠悠我思。道之云遠，曷云能來？
百爾君子，不知德行。不忮不求，何用不臧。

一位婦女思念在外行役的丈夫，有渴盼之音，有愁歎之聲，又在最後勸導莫要貪求什麼。言辭肯切，中有深愛。

● 雉：野雞。 ● 于：語助詞，無實義。 ● 泄泄：鼓翼展翅貌。 ● 懷：思念。 ● 詒（ㄧˊ）：通「貽」，贈送。 ● 伊：這，此。 ● 阻：憂愁。 ● 下上：鳥兒上下翻飛。 ● 展：誠，實在。 ● 云：語助詞。 ● 曷：何。 ● 來：回來。 ● 百：虛數，表所有。 ● 爾：你，你們。 ● 忮（ㄓˋ）：忌恨，為害。 ● 求：貪圖名利。 ● 用：施行。 ● 臧：善，好。

匏有苦葉

匏有苦葉

匏有苦葉，濟有深涉。深則厲，淺則揭。

有瀰濟盈，有鷕雉鳴。濟盈不濡軌，雉鳴求其牡。

雝雝鳴雁，旭日始旦。士如歸妻，迨冰未泮。

招招舟子，人涉卬否。人涉卬否，卬須我友。

一位待嫁的女子在渡口等待，她盼望對岸的未婚夫能早日前來迎娶自己。

● 匏（ㄆㄠˊ）：葫蘆。瓠瓜長大，可繫腰間以渡水。 ● 苦：通「枯」，乾枯。 ● 濟：古水名，濟水。 ● 涉：渡口。 ● 厲：借助葫蘆，和衣涉水。 ● 揭（ㄑㄧˋ）：撩起下衣。 ● 有瀰：水滿盈貌。 ● 有鷕（ㄧㄠˇ）：猶「鷕鷕」，雌野雞的鳴叫聲。 ● 雉：野雞。 ● 濡：沾濕。 ● 軌：車軸的兩頭。 ● 牡：這裡指雄雉。 ● 雝雝：鳥和鳴之聲。 ● 旦：明亮。 ● 歸妻：娶妻。 ● 迨（ㄉㄞˋ）：及，等到。 ● 泮（ㄆㄢˋ）：冰解凍。 ● 招招：舉手召喚。 ● 舟子：船夫。 ● 卬（ㄤˊ）：人稱代詞，我。 ● 須：等待。

谷風

習習谷風，以陰以雨。黽勉同心，不宜有怒。
采葑采菲，無以下體？德音莫違，及爾同死。

行道遲遲，中心有違。不遠伊邇，薄送我畿。
誰謂荼苦，其甘如薺。宴爾新昏，如兄如弟。

涇以渭濁，湜湜其沚。宴爾新昏，不我屑以。
毋逝我梁，毋發我笱。我躬不閱，遑恤我後。

一位女子在詩中訴說被丈夫拋棄的不幸遭遇，多憤恨責難之辭。

• 習習：大風之聲。 • 谷風：吹自山谷中的大風。 • 黽（ㄇㄧㄣˇ）勉：努力，勉力。 • 葑：與下文的菲均為家常食用的菜，根莖可製醃菜。 • 無以：不用。 • 下體：植物的根莖。 • 德音：善言，好話。 • 遲遲：緩慢。 • 中心：心中。 • 違：恨，怨恨。 • 伊：是，表肯定。 • 邇：近。 • 薄：語助詞，含有急匆匆、勉強之意。 • 畿（ㄐㄧ）：門檻。 • 荼：苦菜，味苦。 • 薺：薺菜，味甜。 • 宴：快樂。 • 昏：同「婚」。 • 涇：水名。 • 以：因。 • 渭：水名。涇水是渭水的支流。 • 湜湜：水清貌。 • 沚：或作「止」，河底。 • 屑：顧惜，介意。 • 逝：往。 • 梁：捕魚的小河壩。 • 發：啟封，打開。 • 笱（ㄍㄡˇ）：捕魚用的竹簍。 • 躬：身體。 • 閱：收容，容納。 • 恤：顧及。 • 後：以後的事。

就其深矣，方之舟之。就其淺矣，泳之游之。

何有何亡，黽勉求之。凡民有喪，匍匐救之。

不我能慉，反以我為讎。既阻我德，賈用不售。

昔育恐育鞫，及爾顛覆。既生既育，比予于毒。

我有旨蓄，亦以御冬。宴爾新昏，以我御窮。

有洸有潰，既詒我肄。不念昔者，伊余來塈。

• 方：竹木編成的筏子，以筏渡水。 • 亡：同「無」。 • 喪：災難。 • 匍匐：爬行，言竭盡全力。 • 慉：愛惜。 • 讎：仇敵。 • 阻：拒絕。 • 德：心意。 • 賈（ㄍㄨˇ）：出賣貨物。 • 不售：賣不出去，喻善意不被理會。 • 恐：恐慌。 • 鞫（ㄐㄩˊ）：困窘。 • 顛覆：跌倒，翻倒，這裡意謂挫折、失敗和患難。 • 毒：害人之物。 • 旨：味美。 • 蓄：儲藏積存的蔬菜、糧食等。 • 洸：粗暴貌。 • 潰：盛怒貌。 • 詒：通「貽」，給予。 • 肄：勞苦。 • 伊：唯。 • 塈：通「摡」，洗滌，意謂把我趕走。

式微

式微

式微式微，胡不歸？微君之故，胡為乎中露！
式微式微，胡不歸？微君之躬，胡為乎泥中！

征夫在外，有的是沒日沒夜的勞作之苦，故而在詩中發怨言。

● 式：發語詞。 ● 微：幽暗，天黑。 ● 胡：為何。 ● 微：非，不是。 ● 中露：露中，在露水中。 ● 躬：身。 ● 泥中：在泥水路中。

旄丘

旄丘

旄丘之葛兮，何誕之節兮。叔兮伯兮，何多日也！

何其處也？必有與也！何其久也？必有以也！

狐裘蒙戎，匪車不東。叔兮伯兮，靡所與同。

瑣兮尾兮，流離之子。叔兮伯兮，褎如充耳。

狄人滅黎國，黎侯只得流亡寓居在衛國，而衛國不能施救，於是黎國的臣屬責怨衛國國君，故作此詩。

旄（ㄇㄠˊ）丘：前高後低的山丘。 葛：藤本植物。 誕：延長，蔓延。 節：葛藤的枝節。 叔：與下文的伯均指貴族諸臣。 處：安居，這裡謂不施以援手。 與：同盟國。 以：原因。 蒙戎：蓬鬆貌。 匪：彼。 不東：不向東來。 同：同心。 瑣：細小。 尾：通「微」，小。 褎（ㄧㄡˋ）：服飾華美貌。 充耳：掛在冠冕兩旁的玉飾，這裡有塞耳不聽不聞之意。

簡兮

簡兮

簡兮簡兮，方將萬舞。日之方中，在前上處。
碩人俁俁，公庭萬舞。有力如虎，執轡如組。
左手執籥，右手秉翟。赫如渥赭，公言錫爵。
山有榛，隰有苓。云誰之思？西方美人。
彼美人兮，西方之人兮。

衛國的公庭正上演著「萬舞」。此詩讚美舞師，主人公對其心生愛慕，念念不忘。

● 簡：鼓聲。 ● 萬舞：舞名，分文舞和武舞兩部分。 ● 方中：正中。句意謂正中午。 ● 碩：身材高大。 ● 俁俁：魁梧貌。 ● 轡（ㄆㄟˋ）：韁繩。 ● 組：絲線織成的帶子。 ● 籥（ㄩㄝˋ）：似排簫的古樂器。 ● 翟（ㄉㄧˊ）：用野雞長尾製成的舞具。 ● 赫：大赤色。 ● 渥：濕潤，沾濕。 ● 赭：紅色顏料。 ● 公：衛君。 ● 錫：通「賜」，賜予。 ● 爵：一種酒器。 ● 榛：樹名，落葉灌木，果仁可食，木材可製器物。 ● 隰（ㄒㄧˊ）：低濕之地。 ● 苓：甘草。

泉水

泉水

毖彼泉水，亦流于淇。有懷于衛，靡日不思。
孌彼諸姬，聊與之謀。

出宿于泲，飲餞于禰。女子有行，遠父母兄弟，
問我諸姑，遂及伯姊。

出宿于干，飲餞于言。載脂載舝，還車言邁。
遄臻于衛，不瑕有害？

我思肥泉，茲之永歎。思須與漕，我心悠悠。
駕言出游，以寫我憂。

衛女嫁到他國，想回娘家探望而不得，故作此詩。

● 毖：通「泌」，泉水湧出貌。 ● 淇：淇水，衛國水名。 ● 靡：無。 ● 孌彼：猶「孌孌」，美好。 ● 諸姬：這裡指陪嫁的姬姓女子。 ● 聊：姑且。 ● 謀：謀議可否回娘家之事。 ● 泲（ㄐㄧˇ）：與下文的禰、干、言、肥泉、須、漕，皆為地名。 ● 餞：送行飲酒。 ● 行：出嫁。 ● 諸姑：父親的姊妹們。 ● 伯姊：大姊。 ● 載：發語詞。 ● 脂：以油脂塗車軸，使之滑潤。 ● 舝（ㄒㄧㄚˊ）：將銷釘插在車軸兩端的孔內，以固定車輪。 ● 還：回旋。 ● 言：助詞。 ● 邁：行路。 ● 遄（ㄔㄨㄢˊ）：疾速。 ● 臻：到達。 ● 不瑕：猶「不遐」，不無，沒什麼。 ● 茲：同「滋」，更加。 ● 永：長。 ● 駕：駕車。 ● 言：助詞。 ● 寫：派遣，消除。

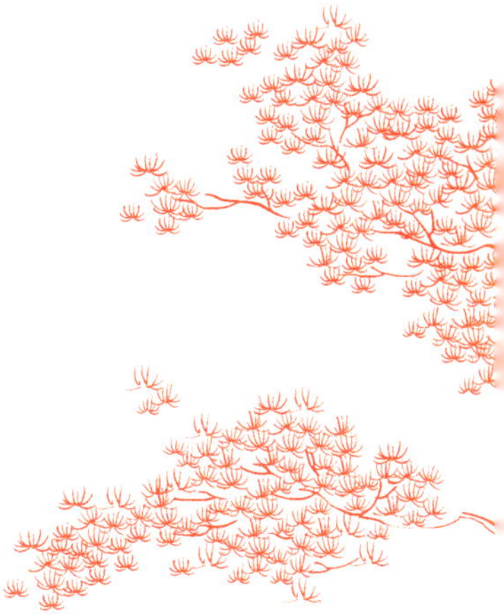

北門

出自北門，憂心殷殷。終窶且貧，莫知我艱。
已焉哉！天實為之，謂之何哉！

王事適我，政事一埤益我。我入自外，室人交遍讁我。
已焉哉！天實為之，謂之何哉！

王事敦我，政事一埤遺我。我入自外，室人交遍摧我。
已焉哉！天實為之，謂之何哉！

詩中的小官吏在仕途中有幾多愁苦。政事都推到自己這裡來，幹了很多活，卻還是窮困潦倒，家人的責備更讓其難堪。無可奈何，只能歸之於天命。

● 終：既。 ● 窶（ㄐㄩˋ）：困窘。 ● 已焉哉：既然如此啦。 ● 適我：猶言扔到我這裡來。適，通「擿」，投擲。 ● 一埤（ㄆㄧˊ）：一併，都。 ● 益：加。 ● 交遍：輪番遍來。 ● 讁：責備。 ● 敦：敦促，逼迫。 ● 遺（ㄨㄟˋ）：強加。 ● 摧：譏諷。

北風

北風

北風其涼，雨雪其雱。惠而好我，攜手同行。
其虛其邪？既亟只且！

北風其喈，雨雪其霏。惠而好我，攜手同歸。
其虛其邪？既亟只且！

莫赤匪狐，莫黑匪烏。惠而好我，攜手同車。
其虛其邪？既亟只且！

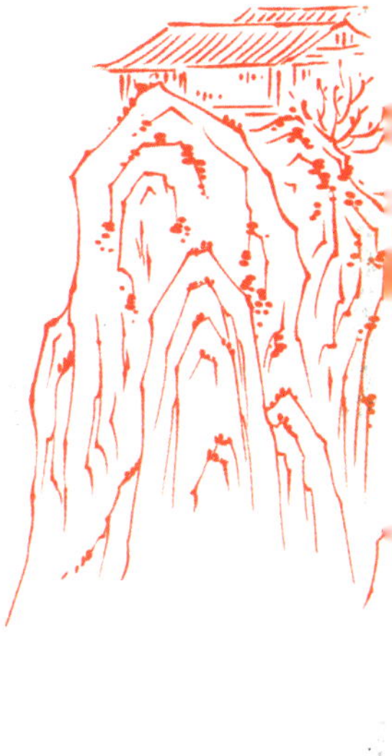

衛國的老百姓不堪虐政，招朋呼友相約一起逃亡。

● 雱（ㄆㄤˊ）：雪大貌。 ● 惠而：猶「惠然」，順從貌。 ● 其：語助詞。 ● 虛：通「舒」。下文的邪通「徐」。虛耶，謂緩慢而從容。 ● 亟：急。 ● 只且（ㄐㄩ）：語尾組詞。 ● 喈：通「湝」，寒涼。 ● 其霏：猶「霏霏」，紛紛貌。 ● 匪：非。此二句中，狐狸是赤紅色的，烏鴉是黑色的。周代官員按大小，分別身穿紅衣和黑衣，故有此類比。

靜女

靜女

靜女其姝，俟我於城隅。愛而不見，搔首踟躕。

靜女其孌，貽我彤管。彤管有煒，說懌女美。

自牧歸荑，洵美且異。匪女之為美，美人之貽。

這首詩以男子的視角和口吻描述了男女約會的過程，以及最終收穫了愛情的甜美。

● 靜：通「靖」，美善。 ● 姝：貌美。 ● 俟（ㄙˋ）：等待。 ● 城隅：城角。 ● 愛：通「薆」，隱蔽。 ● 踟躕（ㄔˊ ㄔㄨˊ）：來回走動。 ● 孌：年少貌美。 ● 彤管：紅管草。 ● 煒：色紅而有光澤。 ● 說：通「悅」。 ● 懌（ㄧˋ）：喜愛。 ● 女：同「汝」，這裡指彤管。 ● 牧：郊外。 ● 歸：同「饋」，贈送。 ● 荑（ㄊㄧˊ）：初生的茅草。 ● 洵：確實，誠然。 ● 異：可愛。 ● 女：同「汝」，這裡指荑草。

新臺

新臺

新臺有泚，河水瀰瀰。燕婉之求，籧篨不鮮。

新臺有洒，河水浼浼。燕婉之求，籧篨不殄。

魚網之設，鴻則離之。燕婉之求，得此戚施。

衛宣公為太子娶齊女，還未成婚，聽聞齊女很美，大悅，於是在她入衛境時予以截留，占為己有。為迎娶此女，宣公在黃河邊上建造了新臺。人們憎惡這樣的惡行，故作此詩以挖苦衛宣公。

• 泚（ㄘˇ）：鮮明貌。 • 瀰瀰：水盛貌。 • 燕婉：安和，美俏。這裡意謂好的配偶。 • 籧篨（ㄑㄩˊ ㄔㄨˊ）：不能俯身的有病之人。 • 鮮：鮮麗，好。 • 洒（ㄘㄨㄟˇ）：高峻貌。 • 浼浼：水滿而平貌。 • 殄：同「腆」，善，好。 • 離：附麗，附著。 • 戚施：不能仰身的佝僂之人。

二子乘舟

同姓不婚，大約始於西周。周公制禮，甚至有「百世不通」的說法。據《左傳》記載，古人認為「男女同姓，其生不蕃」。蕃，繁育盛多。同姓同氣，婚後有不能生育之虞，或造成後代畸形的危險。雖然一再倡導同姓不通婚，但同姓間的婚配也時常出現。例如魯國是周公之後，吳國是泰伯之後，皆為姬姓，本來不該通婚。但魯昭公娶了吳女，他的夫人的名字本該稱「吳姬」，因有違禮制，覺得不怎麼光彩，就諱稱「吳孟子」。

二子乘舟

二子乘舟，汎汎其景。願言思子，中心養養！

二子乘舟，汎汎其逝。願言思子，不瑕有害？

衛宣公和劫娶的齊女（宣姜），生下二子，分別名壽、朔。此前，衛宣公與父親的妾夷姜亂倫，生下一子，名伋，並立為太子。在朔和宣姜的攛掇下，宣公欲派人在伋出使齊國的路上殺死伋。壽知之，讓伋逃走，並竊取伋的使節，代伋而死。待伋至，亦被殺。衛人作此詩，對伋、壽二人表達憂憫之情。

● 汎汎：漂浮貌。 ● 景：通「憬」，遠行貌。 ● 願：每，雖然。 ● 養養：憂心不定貌。 ● 瑕：通「胡」，何，表疑慮。

鄘風

鄘，在殷舊都朝歌的西南地區，大體在今河南新鄉一帶。

《鄘風》共十篇。

柏舟

柏舟

汎彼柏舟，在彼中河。髧彼兩髦，實維我儀，之死矢靡它。母也天只！不諒人只！

汎彼柏舟，在彼河側。髧彼兩髦，實維我特，之死矢靡慝。母也天只，不諒人只！

女子有了心儀的對象，而母親卻要她另嫁他人，這位女子由此在詩中自訴誓死不從。

• 柏舟：柏樹木質堅硬，紋理緻密，以柏木製成的舟，稱柏舟。 • 中河：河中。 • 髧（ㄉㄢˋ）：頭髮下垂貌。 • 兩髦（ㄇㄠˊ）：古代未成年男子前額頭髮，編紮成兩綹，左右各一。 • 儀：配偶。 • 之死：至死。 • 矢：發誓。 • 靡它：無他心，猶言不嫁他人。 • 也：語氣詞。 • 天：這裡指父親。 • 只：語氣詞。 • 諒：亮察，體諒。 • 特：匹偶。 • 慝（ㄊㄜˋ）：通「忒」，變更。

墙有茨

墻有茨

墻有茨，不可埽也。中冓之言，不可道也。
所可道也，言之醜也。

墻有茨，不可襄也。中冓之言，不可詳也。
所可詳也，言之長也。

墻有茨，不可束也。中冓之言，不可讀也。
所可讀也，言之辱也。

衛宣公為太子娶齊女，未入室，宣公見其美好，悅而自娶之，是為宣姜。及宣公死，他的庶長子頑又與宣姜私通，並生下三男二女。此詩對這一敗壞人倫、荒淫無恥的穢行予以諷刺。

● 茨：草名，蒺藜。 ● 中冓（ㄍㄡˋ）：內室。或作「中夜」。 ● 襄：通「攘」，除去。 ● 詳：詳細述說。 ● 束：束結起來以去除。 ● 讀：反復言說。

君子偕老

君子偕老

君子偕老，副笄六珈。委委佗佗，如山如河。
象服是宜。子之不淑，云如之何！

玼兮玼兮，其之翟也。鬒髮如雲，不屑髢也。
玉之瑱也，象之揥也，揚且之皙也。
胡然而天也？胡然而帝也？

瑳兮瑳兮，其之展也。蒙彼縐絺，是紲袢也。
子之清揚，揚且之顏也。展如之人兮，邦之媛也！

衛宣公劫娶過來的宣姜，淫亂有失，行為不檢。詩人對此以委婉的筆法，在盛讚服飾容貌時，又透露出譏諷之意。

君子：衛宣公。 偕老：夫妻相偕到老，這裡飽含諷刺的意味。 副：通「髻」，頭飾，假髮髻。 笄（ㄐㄧ）：髮簪。 珈：笄下懸垂的玉飾。 委委佗佗：形容步態優美，德容之美。 山：言凝定穩重。 河：言淵深潤澤。 象服：繡繪鳥羽為飾的袍服。 子：這裡指宣姜。 淑：這裡謂德行之美。 云：發語詞。 如之何：奈之何。 玼：玉色鮮明貌。 翟：繡繪長尾山為花紋為飾的祭服。 鬒（ㄓㄣˇ）：頭髮稠密而黑。 髢（ㄊㄧˋ）：假髮。 瑱（ㄊㄧㄢˋ）：垂掛在冠冕兩側用來塞耳的玉飾。 揥（ㄊㄧˋ）：用以搔頭的簪子。 揚：言容貌之美。 皙：白。 胡然：為什麼如此。 帝：帝女。 瑳（ㄘㄨㄛ）：玉色鮮明潔白貌。 展：展衣，以細紗絹製成的夏衣。 蒙：覆蓋。 紲袢（ㄒㄧㄝˋ ㄆㄢˋ）：貼身內衣。 清揚：眉目清秀。 顏：面色，容顏。 展：乃，確實。 媛：美女。

桑中

桑中

爰采唐矣？沬之鄉矣。云誰之思？美孟姜矣。
期我乎桑中，要我乎上宮，送我乎淇之上矣。

爰采麥矣？沬之北矣。云誰之思？美孟弋矣。
期我乎桑中，要我乎上宮，送我乎淇之上矣。

爰采葑矣？沬之東矣。云誰之思？美孟庸矣。
期我乎桑中，要我乎上宮，送我乎淇之上矣。

這是一首熱烈活潑的情詩。詩人在自問自答中展現出青年男女的相會之歡。

● 爰：何，在哪裡。 ● 唐：通「棠」，棠梨。 ● 沬（ㄇㄟˋ）：衛都朝歌。 ● 云：語助詞。 ● 孟：排行居長。 ● 姜：姓。下文的「弋」「庸」也為姓。 ● 期：約會。 ● 乎：猶「於」。 ● 要：邀。 ● 上宮：建築名。 ● 葑：蘿蔔。

鵲之奔奔

自商周至春秋，婚俗中有陪嫁媵妾制。為保證家族子嗣的延續，擔心一夫一妻不一定有後代，於是在嫁女時，以女之侄女或妹妹為媵，跟著陪嫁；還有一種制度性安排，諸侯娶一國女子，其他兩國當以庶出之女陪嫁，例如衛國之女嫁給陳宣公為夫人，而魯國則以女作為陪嫁。除了女子為媵外，有時還以男性奴僕為媵，例如晉獻公把俘虜回來的虞國大夫井伯作為隨從，當成自己女兒的「嫁妝」陪嫁到秦國。

鶉之奔奔

鶉之奔奔，鵲之彊彊。人之無良，我以為兄！

鵲之彊彊，鶉之奔奔。人之無良，我以為君！

連鵪鶉、喜鵲都有固定的配偶，而身為國君夫人的宣姜，却違背人倫禮制，公然與庶子姘居並生下兒女。此詩對這一穢行進行譴責和諷刺。

● 鶉：鵪鶉。 ● 奔奔：或作「賁賁」，猶翩翩，飛行貌。 ● 彊彊：或作「姜姜」，飛翔。 ● 兄：這裡謂君之兄，有尊長之意。

定之方中

定之方中

定之方中，作于楚宮。揆之以日，作于楚室。
樹之榛栗，椅桐梓漆，爰伐琴瑟。
升彼虛矣，以望楚矣。望楚與堂，景山與京。
降觀于桑，卜云其吉，終焉允臧。
靈雨既零，命彼倌人，星言夙駕，說于桑田。
匪直也人，秉心塞淵，騋牝三千。

公元前 660 年，狄人破衛，懿公被殺，戴公在漕邑繼立，繼位不久又死。齊桓公率諸侯之兵伐狄救衛， 築楚丘，衛文公被立為君。衛文公遷都於楚丘，重建宮室，任用賢能，務農桑，惠工商，廣教化， 使得衛國呈現出一派中興之象。此詩旨在頌美衛文公。

● 定：星名，又名營室，二十八宿之一。 ● 方中：當正中的位置。 ● 作：始。 ● 于：為。 ● 楚宮：楚丘的宮廟。 ● 揆（ㄎㄨㄟˊ）：度量。 ● 日：日影。立竿測度日影以定方向。 ● 樹：種植。 ● 椅：樹名，山桐子。 ● 漆：樹名，漆樹。 ● 爰：於是。 ● 伐：伐木。 ● 琴瑟：活用成動詞，造琴瑟。 ● 虛：同「墟」，大丘。 ● 楚：楚丘。 ● 堂：衛國邑名。 ● 景：通「憬」，遠行。 ● 京：高丘。 ● 降：自高而下。 ● 桑：桑田。 ● 允：誠然，果真。 ● 臧：美善。 ● 靈雨：好雨。 ● 零：雨落。 ● 倌人：駕車的小臣。 ● 星：雨止而星見，謂天晴。 ● 言：語助詞。 ● 夙駕：早晨駕車出行。 ● 說：通「稅」，停息。 ● 直：只，只是。 ● 秉心：持心，用心。 ● 塞淵：篤厚誠實，思慮深遠。 ● 騋（ㄌㄞˊ）：七尺以上的大馬。 ● 牝（ㄆㄧㄣˋ）：母馬。

周代結婚有「六禮」之儀。首先向女方提親，此為「納彩」；然後問女方姓名以及出生年月日，為「問名」；接下來要納定禮，為「納吉」；然後是送聘禮，為「納徵」；然後商定好婚期，為「請期」；最後才是迎娶新婦，為「親迎」。西周時期的禮儀繁多複雜，在春秋時已經不能完全恪守。比如規定公室女子出嫁到他國，國君不能親自送嫁，但齊僖公嫁女至魯國，卻執意親自送到了魯國境內。

蝃蝀

蝃蝀在東，莫之敢指。女子有行，遠父母兄弟。

朝隮于西，崇朝其雨。女子有行，遠兄弟父母。

乃如之人也，懷昏姻也。大無信也，不知命也！

男大當婚，女大當嫁，但一個女子若不待父母之命而行私奔之事，則有違當時的婚配之道。

● 蝃蝀（ㄉㄧˋ ㄉㄨㄥ）：虹。 ● 指：用手去指。古人認為虹是天上的動物，代表一種淫邪之氣，有所忌諱，由此不敢對它指指點點。 ● 行：出嫁，這裡謂私奔。 ● 隮（ㄐㄧ）：虹。 ● 崇朝：猶「終朝」，從天亮到吃早飯的這段時間。 ● 懷：通「壞」，敗壞。 ● 昏：同「婚」。 ● 大：同「太」。 ● 命：古時子女的婚姻當待父母之命。

相鼠

相鼠

相鼠有皮，人而無儀！人而無儀，不死何為？
相鼠有齒，人而無止！人而無止，不死何俟？
相鼠有體，人而無禮，人而無禮！胡不遄死？

此詩對衛國那些無德行無禮儀的在位之人，予以無情的諷刺和咒罵。

● 相：察看。 ● 儀：威儀，儀度。 ● 止：容止，禮節。 ● 俟（ㄙˋ）：等待。 ● 遄（ㄔㄨㄢˊ）：速，快。

干旄

干旄

孑孑干旄，在浚之郊。素絲紕之，良馬四之。
彼姝者子，何以畀之？

孑孑干旟，在浚之都。素絲組之，良馬五之。
彼姝者子，何以予之？

孑孑干旌，在浚之城。素絲祝之，良馬六之。
彼姝者子，何以告之？

衛文公在位時力圖興國，初年僅有革車三十乘，晚年時增至三百乘。這位中興之君有勸學任能、訪賢納士的舉措，此詩對此予以頌美。

● 孑孑：特立貌。 ● 干：旗杆。 ● 旄（ㄇㄠˊ）：旄牛尾裝飾在杆頭，以之為威儀。 ● 浚：邑名，在春秋時的衛國。 ● 郊：城外。 ● 素絲：白色的絲線。 ● 紕（ㄆㄧˊ）：以絲線鑲飾緣邊。 ● 四：一輛車駕，四匹馬。 ● 姝：順從。 ● 畀（ㄅㄧˋ）：予，給予。 ● 旟（ㄩˊ）：繡繪鷹隼圖像的軍旗。 ● 組：編織，連綴。 ● 予：給予。 ● 旌：杆頭以彩色羽毛為飾的旗子。 ● 祝：通「屬」，連綴。

載馳

載馳

載馳載驅，歸唁衛侯。驅馬悠悠，言至于漕。
大夫跋涉，我心則憂。
既不我嘉，不能旋反。視爾不臧，我思不遠？
既不我嘉，不能旋濟。視爾不臧，我思不閟？
陟彼阿丘，言采其蝱。女子善懷，亦各有行。
許人尤之，眾穉且狂。
我行其野，芃芃其麥。控于大邦，誰因誰極？
大夫君子，無我有尤。百爾所思，不如我所之。

據載，此詩為許穆夫人所作。許穆夫人是公子頑和宣姜的女兒，衛戴公的妹妹，出嫁至許國。狄人攻破衛都，殺死了衛懿公，衛戴公在漕邑即位，不久亦死。許穆夫人憫宗國顛滅，國君離世，國人四散，心急如焚欲前往慰問，行至半路，又被許國派來的大夫追回，因作此詩。

● 載：發語詞。 ● 唁：慰問。 ● 漕：衛國邑名。 ● 大夫：前來勸阻許穆夫人的許國大夫。 ● 跋涉：登山渡水，這裡謂緊追過來。 ● 既：盡，都。 ● 嘉：稱美，贊成。 ● 旋：回返。 ● 反：同「返」。 ● 臧：善。 ● 思：思量。 ● 遠：迂遠。 ● 濟：渡，過河。 ● 閟（ㄅㄧˋ）：閉塞，不通。 ● 陟（ㄓˋ）：登。 ● 阿丘：偏高的山坡。 ● 蝱（ㄇㄤˊ）：藥草名，貝母。 ● 善懷：思念衛國。 ● 行：道路。 ● 尤：指責，反對。 ● 野：郊野。 ● 芃芃：茂盛貌。 ● 控：往而告之。 ● 因：倚靠。 ● 極：至，達到。 ● 無：同「毋」。 ● 有：同「又」。 ● 百爾：爾百。 ● 之：往。

衛風

周武王死後，武庚與管叔、蔡叔以及霍叔作亂。周公平定武庚和「三監」的叛亂後，把殷民七族及商舊都周圍地區分封給武王之弟康叔，建都朝歌，國號衛。由此來看，「邶風」「鄘風」「衛風」自地域而言，皆為衛詩，詩中的山岳河流、風土人情，亦大體相同；但音樂曲調而言，邶、鄘、衛三地又各成一體，故而依舊編排為三組。

《衛風》共十首。《衛風》產生之地，大致在河北東南、山東西南一帶。

淇奥

在世襲的問題上，「父死子繼」是一條線，是主線，還有一條線是「兄死弟及」，比如魯國在莊公之前，常有弟弟繼承大位的，秦國初期亦是如此。春秋中期以前，父死子繼的嫡長子繼承制並沒有嚴格執行。在宗法制度下，繼承宗嗣的，必須是嫡夫人所生的長子，遵循「以長不以賢」的原則；若嫡夫人無子，立其他子嗣，則要「以貴不以長」。若是作為儲君的太子死了，有同母兄弟則立之，無則立年長的兄弟，若是年歲相當則擇取最賢良的，若賢能相當，則以占卜來決定。

淇奧

瞻彼淇奧，綠竹猗猗。有匪君子，如切如磋，
如琢如磨。瑟兮僩兮，赫兮咺兮。有匪君子，
終不可諼兮。

瞻彼淇奧，綠竹青青。有匪君子，充耳琇瑩，
會弁如星。瑟兮僩兮，赫兮咺兮，有匪君子，
終不可諼兮。

瞻彼淇奧，綠竹如簀。有匪君子，如金如錫，
如圭如璧。寬兮綽兮，猗重較兮。善戲謔兮，
不為虐兮。

衛武公，名和，修政治國，能親睦其民，團聚其眾，在位長達五十五年。在犬戎攻西周殺幽王時，武公曾率兵勤王平戎有功，而被平王冊命為公。據載，此詩即為歌頌衛武公而作。

● 奧（ㄩˋ）：又作「澳」或「隩」，水岸彎曲處。 ● 猗猗：美盛貌。 ● 匪：通「斐」，風采、才華。 ● 切：與下文的磋、琢、磨為四種不同的治器工藝。骨謂之切，切斷；象牙謂之磋，銼平；玉謂之琢，雕刻；石謂之磨，打磨光滑。四者喻君子在進德修業上兢兢業業精益求精。 ● 瑟：莊重。 ● 僩（ㄒㄧㄢˋ）：威武，威嚴。 ● 赫：光明。 ● 咺（ㄒㄩㄢˇ）：盛大。 ● 諼（ㄒㄩㄢ）：忘記。 ● 青青：亦作「菁菁」，茂盛貌。 ● 充耳：自冠冕的兩側垂下美玉在耳朵兩邊的飾物，用以塞耳。 ● 琇：如玉美石。 ● 瑩：玉色光潤晶瑩。 ● 會（ㄎㄨㄞˋ）：在皮帽子的接縫處綴結玉石作為裝飾。 ● 弁（ㄅㄧㄢˋ）：皮帽，多以鹿皮縫製而成。 ● 簀：柵欄，言竹之密。 ● 寬：寬厚能容。 ● 綽：柔順和緩。 ● 猗：通「倚」，依靠。 ● 重較：古時卿士所乘的車有車箱，箱上有二重橫木，人立於車上，手可攀扶。 ● 虐：過分。這裡謂玩笑太過刻薄，會傷人。

考槃

考槃在澗，碩人之寬。獨寐寤言，永矢弗諼。

考槃在阿，碩人之薖。獨寐寤歌，永矢弗過。

考槃在陸，碩人之軸。獨寐寤宿，永矢弗告。

詩歌讚美了隱居山林的賢士。孔子曾從主人公這裡讀出了「遁世而不悶」的快樂之境。

● 考：扣，敲打。 ● 槃：通「盤」，木製盛水的器皿。 ● 寬：心胸寬廣。 ● 矢：發誓。 ● 諼（ㄒㄩㄢ）：忘記。 ● 阿：山的彎曲處，山坡。 ● 薖（ㄎㄜ）：寬大貌。 ● 過：過從，交往。不過，意謂不入仕。 ● 軸：如車軸一樣圓轉自如，引申為持論明智。

碩人

碩人

碩人其頎，衣錦褧衣。齊侯之子，衛侯之妻。東宮之妹，邢侯之姨，譚公維私。

手如柔荑，膚如凝脂，領如蝤蠐，齒如瓠犀，螓首蛾眉，巧笑倩兮，美目盼兮。

碩人敖敖，說于農郊。四牡有驕，朱幩鑣鑣。翟茀以朝。大夫夙退，無使君勞。

河水洋洋，北流活活。施罛濊濊，鱣鮪發發。葭菼揭揭，庶姜孽孽，庶士有朅。

衛莊公娶齊莊公的女兒莊姜為妻，衛人讚美這位夫人的尊貴家世、絕美容貌以及嫁至衛國時的盛況。

● 其頎（ㄑㄧˊ）：猶言「頎頎」，修長。 ● 褧（ㄐㄩㄥˇ）衣：以麻製成的罩衣，出嫁的女子途中所穿，以蔽塵土。 ● 東宮：太子的居所，這裡代指齊國太子得臣。 ● 姨：妻子的姊妹。 ● 維：是。 ● 私：女子稱自己姐妹的丈夫為私。 ● 荑（ㄊㄧˊ）：白茅初生的嫩芽。 ● 領：脖頸。 ● 蝤蠐（ㄑㄧㄡˊㄑㄧˊ）：天牛的幼蟲，色白如脂，豐圓而長。 ● 瓠（ㄏㄨˋ）犀：葫蘆的籽，潔白整齊，喻女子的牙齒。 ● 螓（ㄑㄧㄣˊ）：似蟬而小，方頭，廣額。 ● 蛾：蠶蛾，觸鬚細長而彎曲。螓首、蛾眉，皆言女子貌美。 ● 盼：眼睛靈動，黑白分明。 ● 敖敖：身材高大貌。 ● 說（ㄕㄨㄟˋ）：停車卸馬，休憩。 ● 農郊：衛國都城的近郊。 ● 牡：公馬。 ● 驕：馬匹高大。 ● 幩（ㄈㄣˊ）：繫在馬嚼子兩邊的綢條。 ● 鑣鑣：盛美。 ● 翟：長尾野雞。 ● 茀：車上竹製的遮蔽物。 ● 朝：朝見國君。 ● 夙退：早早地退去。 ● 洋洋：水勢浩蕩盛大。 ● 活活：水流之聲。 ● 罛（ㄍㄨ）：漁網。 ● 濊濊：撒網入水之聲。 ● 鱣（ㄓㄢ）：鯉一類的魚。 ● 鮪：與鯉同類的魚。 ● 發發：魚尾擺動的聲響。 ● 葭：蘆葦。 ● 菼（ㄊㄢˇ）：荻草。 ● 揭揭：高而修長貌。 ● 庶姜：眾多陪嫁過來的姜姓女子。 ● 孽孽：衣飾華麗。 ● 庶士：眾多護送的齊國臣屬。 ● 朅（ㄑㄧㄝˋ）：威武矯健。

氓

氓之蚩蚩，抱布貿絲。匪來貿絲，來即我謀。
送子涉淇，至于頓丘。匪我愆期，子無良媒。
將子無怒，秋以為期。

乘彼垝垣，以望復關。不見復關，泣涕漣漣。
既見復關，載笑載言。爾卜爾筮，體無咎言。
以爾車來，以我賄遷。

這是一首棄婦詩。詩的女主人公來自民間，情思更素樸，具煙火氣，敘的是婚前婚後事，抒的是哀怨決絕情。

● 氓（ㄇㄤˊ）：田野耕作之人，老百姓。 ● 蚩蚩：敦厚貌。 ● 貿：貿易，交換。 ● 匪：通「非」。 ● 即：就，到，接近。 ● 謀：謀劃，這裡意謂商議婚事。 ● 涉：渡水。 ● 淇：水名。 ● 頓丘：地名。 ● 愆（ㄑㄧㄢ）：拖延。 ● 將（ㄑㄧㄤ）：請。 ● 乘：升，登上。 ● 垝（ㄍㄨㄟˇ）：毀，倒塌。 ● 垣：土牆。 ● 復關：地名，氓來自這個地方，代指氓。 ● 卜：以火灼龜甲取兆，據此預測吉凶。 ● 筮：以蓍草占卦，以預測吉凶。 ● 體：兆象，卦象。 ● 咎言：不吉利的言辭。 ● 賄：財物，這裡指嫁妝。 ● 遷：搬運走。

桑之未落，其葉沃若。于嗟鳩兮！無食桑葚。
于嗟女兮！無與士耽。士之耽兮，猶可說也。
女之耽兮，不可說也。

桑之落矣，其黃而隕。自我徂爾，三歲食貧。
淇水湯湯，漸車帷裳。女也不爽，士貳其行。
士也罔極，二三其德。

● 沃若：潤澤貌。 ● 于嗟：猶吁嗟，感慨，悲歎。 ● 鳩：斑鳩。 ● 桑葚：桑樹的果實。古人認為斑鳩吃太多的桑葚，則會迷醉過去。 ● 耽：沉迷，玩樂。 ● 說：通「脫」，擺脫。 ● 隕：落下。 ● 徂（ㄘㄨˊ）：往，這裡指嫁過來。 ● 三歲：虛數，多年。 ● 食貧：生活貧困，過苦日子。 ● 湯湯：水流貌。 ● 漸（ㄐㄧㄢ）：水浸。 ● 帷裳：車的帷幔。 ● 爽：差錯，過錯。 ● 貳：前後不一。 ● 行（ㄒㄧㄥˊ）：行為。 ● 罔極：無準則。

三歲為婦，靡室勞矣。夙興夜寐，靡有朝矣。
言既遂矣，至于暴矣。兄弟不知，咥其笑矣。
靜言思之，躬自悼矣。
及爾偕老，老使我怨。淇則有岸，隰則有泮。
總角之宴，言笑晏晏，信誓旦旦，不思其反。
反是不思，亦已焉哉！

● 夙興：早起。 ● 夜寐：晚睡。 ● 靡有朝矣：不是一天兩天，天天如此辛勞。 ● 言：語助詞，無實義。 ● 既：已。 ● 遂：家業安穩。 ● 暴：凶暴。 ● 咥：大笑。 ● 言：猶「焉」，語氣助詞。 ● 悼：悲傷。 ● 隰（ㄒㄧˊ）：低濕的窪地。 ● 泮：通「畔」，岸。 ● 總角：孩子童年時的髮式，這裡指女子未出嫁時的髮式，不加笄，結其髮，聚之為兩角，故稱。這裡代指婚前生活。 ● 宴：安寧。 ● 晏晏：和悅貌。 ● 旦旦：誠懇貌。 ● 不思：不料想，想不到。 ● 反：反復，變心。 ● 反：違背。 ● 是：代詞，指誓言。 ● 不思：不顧及。 ● 已：到此為止。

竹竿

竹竿

籊籊竹竿，以釣于淇。豈不爾思？遠莫致之。

泉源在左，淇水在右。女子有行，遠兄弟父母。

淇水在右，泉源在左。巧笑之瑳，佩玉之儺。

淇水滺滺，檜楫松舟。駕言出遊，以寫我憂。

遠離父母兄弟嫁至他鄉，思歸而不得，故作此詩。

籊籊：長而細貌。 淇：淇水，在衛國。 不爾思：「不思爾」的倒文。 致：到，到達。 泉源：水名，在衛國。 行：出嫁。 瑳（ㄘㄨㄛ）：玉色白潤，這裡謂笑時牙齒潔白。 儺（ㄋㄨㄛˊ）：行步有節度，則身上的佩玉振動作響。 滺滺：水流動貌。 檜楫：以檜木製成的船槳。 駕：駕車。 言：語助詞。 寫：宣泄，排遣。

芄蘭

芄蘭

芄蘭之支，童子佩觿。雖則佩觿，能不我知。
容兮遂兮，垂帶悸兮。

芄蘭之葉，童子佩韘。雖則佩韘，能不我甲。
容兮遂兮，垂帶悸兮。

詩中的貴族少年看來只是個徒有其表的「銀樣鑞槍頭」，且不解風情，作者於是奚落之，調侃之。

● 芄（ㄨㄢˊ）蘭：多年生草本，莖、葉含白色汁液，可食。 ● 支：通「枝」。 ● 觿（ㄒㄧ）：解結的用具，形似錐，以骨、玉製成，可作貴族成年人的配飾。 ● 能：表轉折，相當於「而」。 ● 不我知：「不知我」的倒文。 ● 容：有儀容。 ● 遂：身上的佩玉在走路時振動作響。 ● 悸：紳帶下垂的樣子。 ● 韘（ㄕㄜˋ）：以骨、玉等製成的扳指，用以鉤弦射箭。 ● 甲：通「狎」，親近。

河廣

長江、淮河、黃河、濟水這四條河流在古時皆獨流入海，古人總稱為「四瀆」。

河，是先民對黃河的專稱，後代方泛指河流；江，在先秦時期專指長江，後來引申為江河的通稱；淮，水名，今稱淮河；濟，又作「泲」，發源於今河南濟源王屋山，流經山東入海，後下游為黃河所奪。再加上淮河改道，古時的「四瀆」，如今僅存其二。

河廣

誰謂河廣？一葦杭之。誰謂宋遠？跂予望之。

誰謂河廣？曾不容刀。誰謂宋遠？曾不崇朝。

一條黃河隔開了宋國和衛國，宋在河的南岸，衛在河的北岸。因有牽掛在對岸，詩人吟詠這條讓其無可奈何的河流。

● 河：黃河。 ● 葦：葦葉形的小船。也有說是用蘆葦編的筏子。 ● 杭：航，渡。 ● 跂（ㄑㄧˋ）：踮起腳後跟。 ● 予：我。 ● 刀：通「舠」，狹小的船。 ● 崇朝（ㄓㄠ）：終朝，猶言一個早晨。

伯兮

伯兮

伯兮朅兮，邦之桀兮。伯也執殳，為王前驅。

自伯之東，首如飛蓬。豈無膏沐？誰適為容！

其雨其雨，杲杲出日。願言思伯，甘心首疾！

焉得諼草？言樹之背。願言思伯。使我心痗！

勇武的丈夫行役在外，在家的妻子承受著思念的痛楚。

• 伯：周代婦女對丈夫的愛稱，猶言「哥哥」「阿哥」。 • 朅（ㄑㄧㄝˋ）：勇健貌。 • 桀：杰出的有才能的人。 • 殳（ㄕㄨ）：以竹木製成的兵器，前端有棱而無刃。 • 前驅：猶言護衛、衛士。 • 之：往。 • 膏沐：這裡指婦女塗抹潤面油，梳洗頭髮。 • 誰適：猶為誰，取悅誰。 • 容：修飾容貌。 • 其：語助詞。 • 杲杲：日出明亮貌。 • 願：殷切思念貌。 • 言：語助詞。 • 甘心：痛心。 • 首疾：頭痛，甘心首疾猶痛心疾首。 • 焉：哪裡。 • 諼（ㄒㄩㄢ）草：萱草，又名忘憂草。 • 言：乃。 • 樹：種植。 • 背：通「北」，北堂之下。 • 痗（ㄇㄟˋ）：病。

有狐

在唐代的韓愈看來，《周易》的文字是「奇而法」，變化奇特但有法度，而《詩經》則是「正而葩」，思想正大，且文辭華美，既「麗」又「雅」，且有「理」在其中。的確，詩三百篇中的一草一木、一蟲一鳥在古人看來，皆有情思寄寓其間，皆有志意托付其中，此即所謂的「興發於此而義歸於彼」「莫非諷興當時之事」的風雅比興傳統。

有狐

有狐綏綏，在彼淇梁。心之憂矣，之子無裳。

有狐綏綏，在彼淇厲。心之憂矣，之子無帶。

有狐綏綏，在彼淇側。心之憂矣，之子無服。

孤苦的人漂泊在外，無衣無裳，此詩寫出貧賤夫妻間的美麗憂傷。

● 綏綏：行走舒緩貌。 ● 淇：水名，淇水。 ● 梁：以石砌成的橋。 ● 裳（ㄔㄤˊ）：下衣。 ● 厲：通「瀨」，河邊淺灘。 ● 帶：衣帶。 ● 側：岸邊。 ● 服：衣服。

木瓜

木瓜

投我以木瓜，報之以瓊琚。匪報也，永以為好也。

投我以木桃，報之以瓊瑤。匪報也，永以為好也。

投我以木李，報之以瓊玖。匪報也，永以為好也。

男女互贈禮物，以「小」報「大」，期待恩愛不疑，永結情好。

● 投：贈予，送給。 ● 木瓜：木瓜樹的果實，橢圓形，黃色，有香氣，可食，可入藥。 ● 報：報答，回贈。 ● 瓊：美玉，這裡喻美好。 ● 琚（ㄐㄩ）：以玉石製作的佩物。 ● 匪：通「非」。 ● 木桃：桃子。 ● 瑤：美玉。 ● 木李：李子。 ● 玖：似玉的黑色美石。

王風

西周末年，犬戎侵淩，破鎬京，殺幽王於驪山之下。諸侯迎立幽王之子宜臼為王，東遷洛邑，是為東周。平王東遷，家室飄蕩，周室自此衰微，王風不競。但周王仍是名義上的天下共主，還受到諸侯的尊敬，故而稱以東周王城洛邑為中心的區域的詩為「王風」。

王，是王城或王都之義。《王風》共十篇，皆為王室東遷後平王、桓王時期的作品，用的是王城附近區域的流行樂調。

黍離

黍離

彼黍離離，彼稷之苗。行邁靡靡，中心搖搖。
知我者，謂我心憂；不知我者，謂我何求。
悠悠蒼天，此何人哉！

彼黍離離，彼稷之穗。行邁靡靡，中心如醉。
知我者，謂我心憂；不知我者，謂我何求。
悠悠蒼天，此何人哉！

彼黍離離，彼稷之實。行邁靡靡，中心如噎。
知我者，謂我心憂；不知我者，謂我何求。
悠悠蒼天，此何人哉！

西周的都城鎬京經戰火後，昔日的宗廟宮室早已毀敗。平王東遷後，一位朝中大臣行役至舊都，目之所及，唏噓悲愴，彷徨良久不忍離去，因作此詩。

● 黍：糜子，小米。 ● 離離：繁茂貌。 ● 稷：高粱。 ● 邁：行。 ● 靡靡：步行遲緩貌。 ● 搖搖：心神不定貌。 ● 悠悠：猶「遙遙」，遙遠。 ● 噎：喉嚨堵塞，這裡形容憂思之深，不能喘息。

君子于役

相傳天子籍田千畝，諸侯百畝，天子、諸侯徵用民力進行耕種。籍，猶借，名義上是天子、諸侯親自耕種的，其實是憑藉百姓民眾之力來獲得收成。在周宣王廢止籍田制之前，公社農民只服兵役，不用繳納車馬兵甲等軍需費用，但戰時要當差，交納食物草料。籍田制廢止後，賦、稅分離。各國行政的費用稱之為稅，而賦包括兵役和車馬兵甲等軍需費用的徵收。

君子于役

君子于役，不知其期。曷至哉？雞棲于塒。日之夕矣，
羊牛下來。君子于役，如之何勿思！

君子于役，不日不月。曷其有佸？雞棲于桀。
日之夕矣，羊牛下括。君子于役，苟無飢渴！

丈夫服役遠行在外，妻子不知歸期，憂之深而思之切。

• 于：往。 • 曷（ㄏㄜˊ）：何。 • 至：回來，到家。 • 塒（ㄕˊ）：在墻上鑿洞做成的雞窩。 • 佸（ㄏㄨㄛˊ）：相會，團聚。 • 桀（ㄐㄧㄝˊ）：雞棲息的小木架。 • 括：至，集。 • 苟：或許，但願，表希冀。

君子陽陽

君子陽陽

君子陽陽，左執簧，右招我由房，其樂只且！

君子陶陶，左執翿，右招我由敖，其樂只且！

舞師、樂工一起歌舞，這樣的場面洋溢著快樂和歡暢。

● 君子：這裡指舞師。 ● 陽陽：喜樂自得貌。 ● 簧：樂器名。 ● 由房：宴飲時演奏的房中樂。 ● 只且：句尾語助詞。 ● 陶陶：歡樂舒暢貌。 ● 翿（ㄉㄠˋ）：用五彩野雞羽毛做成的扇形舞具。 ● 敖：舞曲名。

揚之水

揚之水，不流束薪？彼其之子，不與我戍申？
懷哉懷哉！曷月予還歸哉？

揚之水，不流束楚？彼其之子，不與我戍甫？
懷哉懷哉！曷月予還歸哉？

揚之水，不流束蒲？彼其之子，不與我戍許？
懷哉懷哉！曷月予還歸哉？

兵卒戍守異地他鄉，久而不得歸，於是作此詩，希望能早日還家。

揚：水小緩流貌。　不流：流不動。　束薪：一捆薪柴。　戍：戍守。　申：諸侯國名，姜姓，在今河南唐河。　懷：想念。　曷：何。　楚：荊條。　甫：諸侯國名，亦作「呂」，在今河南南陽一帶。　蒲：蒲柳。　許：諸侯國名，在今河南許昌一帶。

中谷有維

中谷有蓷

中谷有蓷，暵其乾矣！有女仳離，慨其歎矣！
慨其歎矣，遇人之艱難矣！

中谷有蓷，暵其脩矣！有女仳離，條其歗矣！
條其歗矣，遇人之不淑矣！

中谷有蓷，暵其濕矣！有女仳離，啜其泣矣！
啜其泣矣，何嗟及矣！

一位婦女在飢荒年月遭到丈夫的離棄，走投無路，於是在詩中自悼其怨。

● 中谷：即谷中。 ● 蓷（ㄘㄨㄟ）：草名，益母草。 ● 暵（ㄏㄢˋ）：乾燥，乾枯。 ● 仳（ㄆㄧˇ）離：分離，這裡有遭棄之意。 ● 脩：乾肉，這裡謂乾枯。 ● 條其：猶「條條」，長嘯貌。 ● 濕：同「曬」，曬乾。 ● 嗟：悲歎。

兔爰

兔爰

有兔爰爰，雉離于羅。我生之初，尚無為；
我生之後，逢此百罹。尚寐無吪！

有兔爰爰，雉離于罦。我生之初，尚無造；
我生之後，逢此百憂。尚寐無覺！

有兔爰爰，雉離于罿。我生之初，尚無庸；
我生之後，逢此百凶。尚寐無聰！

在剛出生時，一切都還美好，其後却是無盡的動蕩不安。一個沒落貴族在亂世發厭世之哀吟。

• 爰爰：解脫，慢慢走。 • 雉：野雞。 • 離：通「罹」，遭逢。 • 羅：捕鳥獸的網。 • 為：這裡指軍役之事。 • 罹：憂患。 • 尚：希冀。 • 無吪（ㄜˊ）：不想說話，不想動。 • 罦（ㄈㄨˊ）：又名「覆車」，捕鳥獸的網。 • 造：作，為，這裡指軍役之事。 • 無覺：不想醒來，不想看見。 • 罿（ㄊㄨㄥˊ）：捕鳥獸的網。 • 庸：用，這裡指兵役。 • 聰：聽聞。

萬藟

葛藟

緜緜葛藟，在河之滸。終遠兄弟，謂他人父。

謂他人父，亦莫我顧。

緜緜葛藟，在河之涘。終遠兄弟，謂他人母。

謂他人母，亦莫我有。

緜緜葛藟，在河之漘。終遠兄弟，謂他人昆。

謂他人昆，亦莫我聞。

東周王室衰微，諸侯角力，有人在戰爭的禍亂下流離失所，更失去家人宗族的護佑。

● 緜緜：枝葉連綿不絕。 ● 葛藟（ㄌㄟˇ）：葛藤。 ● 滸：水邊。 ● 終：既。 ● 謂：稱呼。 ● 顧：理睬，關心。 ● 涘（ㄙˋ）：水邊。 ● 有：同「友」，親近，親愛。 ● 漘（ㄔㄨㄣˊ）：深水邊。 ● 昆：兄。 ● 聞：同「問」，問慰，恤助。

采萱

采葛

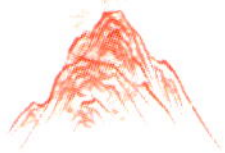

彼采葛兮，一日不見，如三月兮！

彼采蕭兮，一日不見，如三秋兮！

彼采艾兮，一日不見，如三歲兮！

這是一曲懷念情人的戀歌。

● 蕭：香蒿。 ● 三秋：三個秋天，九個月。 ● 艾：艾草。

大車

大車

大車檻檻，毳衣如菼。豈不爾思？畏子不敢。

大車啍啍，毳衣如璊，豈不爾思？畏子不奔。

穀則異室，死則同穴。謂予不信，有如皦日！

一位男子有可乘的大車，有考究的服飾，一個女子和他相愛相戀，想要一起私奔，又怕他不敢，於是指天為誓，為愛至死不渝。

● 大車：大夫乘坐的車。 ● 檻檻：車行之聲。 ● 毳（ㄘㄨㄟˋ）衣：以細毛製成的繡有五彩花紋的禮服。 ● 菼（ㄊㄢˇ）：蘆葦初生，嫩綠色。 ● 啍啍：車行顛簸遲重。 ● 璊（ㄇㄣˊ）：赤色玉石。 ● 奔：逃走，私奔。 ●穀：生，活著。 ● 皦（ㄐㄧㄠˇ）：同「皎」，明亮。

丘中有麻

古時男女成年要舉行儀式，男子稱「冠禮」，女子稱「笄禮」。男子二十而加冠，女子十五許嫁時行加笄之禮，未許嫁則年至二十再行笄禮。女子把頭髮綰結成一個髻，用束髮的布帛（「纚」）包住，然後由女家邀請的女賓為其插上笄，以固定髮髻。

男子的冠禮由父親主持進行，大致分為卜筮（確定冠禮的日子、時辰和賓客）、加冠（穿戴衣帽）、取字（賓客為冠者取字）等步驟。冠禮後，主人送賓客出門，冠者逐一拜見家人親戚，還要換上常服，帶上雉之類的禮物去拜見地方長官和鄉賢尊長等。

丘中有麻

丘中有麻，彼留子嗟。彼留子嗟，將其來施。

丘中有麥，彼留子國。彼留子國，將其來食。

丘中有李，彼留之子。彼留之子，貽我佩玖。

一位女子在詩中自述與心上人從相識、相會到定情的過程。

● 留：通「劉」，劉邑，以劉為氏。 ● 子嗟：劉氏宗族中的一位男子的名字。 ● 將：請。 ● 施：幫助。 ● 子國：子嗟的父親。 ● 食：給人以食。 ● 子：這裡指子嗟。 ● 貽：贈送。 ● 玖：似玉的黑色美石，可製成配飾。

鄭風

公元前806年，周宣王封其弟姬友於鄭（今陝西華縣東），是為鄭桓公。幽王時，鄭桓公見西周將亡，將財產、部族、家屬，以及商人東遷於鄶和東虢之間。犬戎攻破鎬京時，鄭桓公被殺，其子掘突繼位，是為鄭武公，先後攻滅鄶和東虢，建立鄭國。

《鄭風》共二十一篇，皆為春秋前期、中期鄭國的地方歌詩。鄭國地處中原，北臨黃河，西與周王室相連，交通便利，經濟發達；春秋初期，鄭國的國君又是周王室的卿士，政治地位特殊，故而《鄭風》緊隨《王風》之後。

時至春秋，周王室逐漸喪失了天下共主的地位，不再是全國的大宗。諸侯國開始稱王爭霸，與周天子分庭抗禮，不再唯命是從，於是——政由方伯。春秋時期逐漸形成了「官失而百職亂」的職官體制。

例如鄭國之六卿以「當國」為首來主持國政。六卿的次第分別為：當國、為政（參與政事而不能專）、司馬（軍事）、司空（營建）、司徒（教化）和少正（治事）；另外還有司寇（掌都城內的刑典）、野司寇（分管郊野之民）、令正（主掌辭令）和行人（掌理外事，充任使者）等。

緇衣

緇衣之宜兮，敝，予又改為兮。適子之館兮，
還，予授子之粲兮。

緇衣之好兮，敝，予又改造兮。適子之館兮，
還，予授子之粲兮。

緇衣之席兮，敝，予又改作兮。適子之館兮，
還，予授子之粲兮。

平王東遷前後，鄭國國君相繼擔任過周王室的卿士，總管王朝的政事。古代卿大夫到官署處理政事，要穿黑色朝服——緇衣。按傳統之見，這首贈衣詩是讚美鄭武公有好賢的品行。

● 緇衣：黑色衣服，這裡指朝服。 ● 宜：合身，合體。 ● 敝：破舊，破爛。 ● 為：製作。 ● 適：往。 ● 館：官舍。 ● 粲：鮮盛貌，這裡指新衣。 ● 席：寬大。

将仲子

將仲子

將仲子兮，無踰我里，無折我樹杞。豈敢愛之？
畏我父母。仲可懷也，父母之言，亦可畏也。

將仲子兮！無踰我牆，無折我樹桑。豈敢愛之？
畏我諸兄。仲可懷也，諸兄之言，亦可畏也。

將仲子兮，無踰我園，無折我樹檀。豈敢愛之？
畏人之多言。仲可懷也，人之多言，亦可畏也。

這是一首情歌。女子在詩中告求心上人不要夜裡翻牆來和她相會，否則父母和兄長會責怪她，鄰里左右也會有議論。

● 將：請，央告。 ● 仲子：愛稱。仲，意為家中排行中居二。 ● 踰：翻越，越過。 ● 里：五家為鄰，五鄰為里，每里皆有牆。 ● 折：攀踩折斷。 ● 杞：杞柳。 ● 桑：桑樹。古時宅院多種此樹。

叔于田
酒

叔于田

叔于田，巷無居人。豈無居人？
不如叔也，洵美且仁。

叔于狩，巷無飲酒。豈無飲酒？
不如叔也，洵美且好。

叔適野，巷無服馬。豈無服馬？
不如叔也，洵美且武。

太叔段，是鄭武公的少子，鄭莊公的弟弟，母親武姜愛之，曾欲立為太子，而武公不許。及莊公立，封之於京，叔段在京邑整頓武備，繕甲治兵，與母合謀襲擊莊公，最終失敗外逃至鄢，後又出奔至共，故又稱共叔段。這首詩讚美叔段田獵時的英俊勇武。

- 叔：鄭莊公的弟弟太叔段。
- 于：往。
- 田：打獵。
- 洵：確實，誠然。
- 飲酒：指飲酒的人。
- 野：郊外。
- 服馬：駕馬，乘馬。

古人有言：「國之大事，在祀與戎。」祀，祭祀典禮；戎，與武備相關的軍禮。軍隊不但要整頓訓練，還要進行檢閱，以莊重其事，鄭重其事。自國家戰備的角度而言，田獵並非只是個體娛樂，而是集體打獵習俗的傳承和演變，最終成為一種兼具儀式感和實戰性的軍訓。是打獵，亦是演習，一年四季都要進行：春天的稱之為「蒐」，夏天為「苗」，秋天為「獮」，冬天為「狩」。

大叔于田

大叔于田，乘乘馬。執轡如組，兩驂如舞。
叔在藪，火烈具舉。袒裼暴虎，獻于公所。
將叔無狃，戒其傷女。
叔于田，乘乘黃。兩服上襄，兩驂雁行。
叔在藪，火烈具揚。叔善射忌，又良御忌。
抑磬控忌，抑縱送忌。
叔于田，乘乘鴇。兩服齊首，兩驂如手。
叔在藪，火烈具阜。叔馬慢忌，叔發罕忌，
抑釋掤忌，抑鬯弓忌。

莊公立為國君，封弟段於京，稱京城大叔。大，通「太」。這首詩以鋪陳的手法描繪涉獵場面，讚美太叔段精射善御。正因莊公對弟弟的放縱不加管束，使得太叔段愈發矜其勇武，此詩又有諷刺之意在。

• 乘（ㄕㄥˋ）馬：一車四馬為一乘。 • 轡（ㄆㄟˋ）：馬韁繩。 • 組：以絲織成的帶子。句意謂手執六條韁繩，如同絲帶一般輕鬆自如，言駕馭技術高。 • 驂：駕車時分居兩側的馬匹。 • 藪：指禽獸聚居的草木沼澤處。 • 火烈：放火燒草木以遮斷獸類逃走的路線。烈，即古「迾」字，遮。 • 具：通「俱」。 • 裼（ㄒㄧˊ）：脫去上衣露出身體。 • 暴虎：赤手空拳，與虎博鬥。暴：通「搏」。 • 公所：這裡指鄭莊公處所。 • 將：請。 • 狃（ㄋㄧㄡˇ）：習以為常而麻痺大意。 • 戒：警惕。 • 女：通「汝」。 • 黃：黃馬。 • 服：一車四馬中的中間兩匹馬。 • 襄：同「驤」，馬頭昂起。 • 雁行：大雁飛行成列，一字排開。這裡指馬車的排列方式。 • 忌：語助詞。 • 抑：發語詞。 • 磬：縱馬馳騁。 • 控：引轡以御馬。 • 縱：發箭。 • 送：逐禽。 • 鴇（ㄅㄠˇ）：黑白雜色的馬。 • 如手：猶如左右手一樣從容自如。 • 阜：旺盛。 • 罕：少。 • 掤（ㄅㄧㄥ）：裝箭的筒蓋。 • 鬯（ㄔㄤˋ）：通「韔」，弓袋，這裡謂裝進弓袋。

夏族、商族和周族先後建立了夏、商、周三個朝代，與此同時，邊疆四方還分布著夷、蠻、戎、狄等民族集團。西周王室覆亡，平王東遷，北方出現了戎狄交相侵入中原各國的局面。春秋初年，在諸侯各國紛爭之際，狄族從今山西、陝西向東發展，勢力一直抵達黃河下游，即今河北、河南以及山東地區。異族不斷入侵騷擾，諸侯各國感受到直接的威脅，於是希求振興華夏族的力量和權威，以期協作抵禦外敵的進犯。

清人

清人在彭，駟介旁旁。二矛重英，河上乎翱翔。

清人在消，駟介麃麃。二矛重喬，河上乎逍遙。

清人在軸，駟介陶陶。左旋右抽，中軍作好。

鄭文公十三年（前660年），狄人侵入與鄭國隔河相望的衛國。文公擔心狄人進攻鄭國，於是下令讓大臣高克領兵駐紮在黃河邊上進行防禦。文公原本就憎惡高克，把他派出去的時間長了，也不想著召回。士兵在那裡整日遨遊玩樂，最後以潰散了事。高克只得逃亡到陳國。這首詩諷刺駐紮在清邑的軍隊，對高克和文公亦有斥責之意。

● 清：鄭國邑名。 ● 彭：地處在鄭、衛邊境黃河邊上的衛國城邑。 ● 駟：同駕一輛車的四匹馬。 ● 介：甲。 ● 旁旁：馬強壯有力貌。 ● 英：矛柄上的羽毛飾物。 ● 翱翔：遨遊，這裡指不進不退，逛蕩。 ● 消：鄭國地名，在黃河邊。 ● 麃麃：勇武貌。 ● 喬：雉鳥的羽毛，裝飾矛柄。 ● 逍遙：悠閒漫步，遊玩。 ● 軸：鄭國地名，在黃河邊。 ● 陶陶：馬奔馳貌。 ● 左旋：戰車向左轉。 ● 右抽：抽拔武器攻擊。 ● 中軍：軍中。 ● 作好：做表面文章，這裡有戲玩之意。

羔裘

羔裘

羔裘如濡，洵直且侯。彼其之子，舍命不渝。

羔裘豹飾，孔武有力。彼其之子，邦之司直。

羔裘晏兮，三英粲兮。彼其之子，邦之彥兮。

這首詩讚美昔日大夫的忠於職守、勇武誠信，以諷刺今日的當權者。

● 羔裘：羔羊皮製成的成衣，卿大夫級別的貴族朝服。 ● 如：乃，而。 ● 濡（ㄖㄨˊ）：柔順有光澤。 ● 洵：確實，誠然。 ● 直：順直。 ● 侯：美麗。 ● 舍：捨棄。 ● 命：生命。 ● 渝：改變。 ● 豹飾：以豹皮裝飾袖口。 ● 孔：甚。 ● 司直：官名，進諫君主過失，檢舉不法。 ● 晏：柔暖貌。 ● 英：猶「纓」，皮襖上裝飾用的絲繩。 ● 粲：鮮明。 ● 彥：通「憲」，法則，模範。或解為「才德出眾的人」。

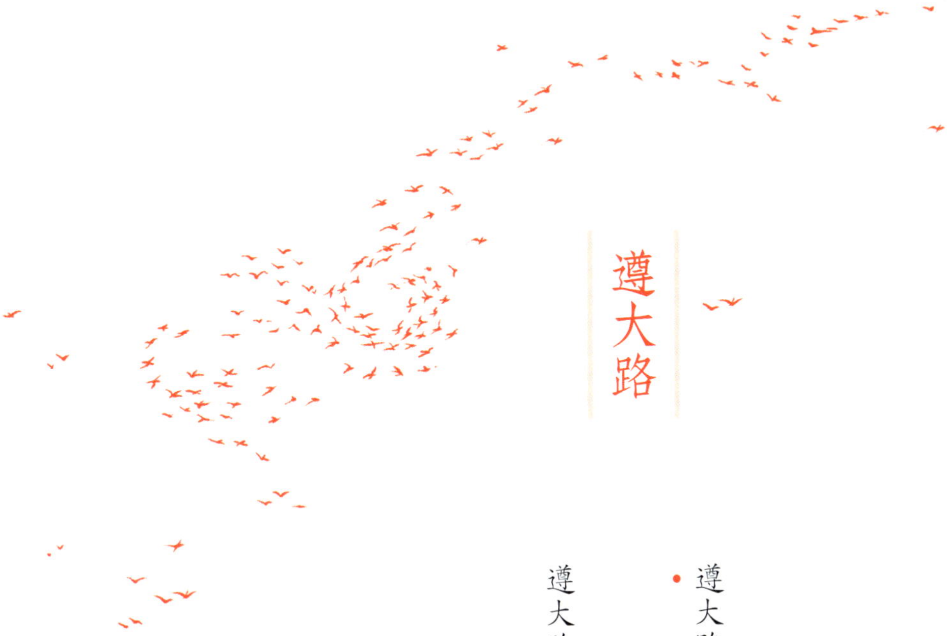

遵大路

遵大路兮，摻執子之祛兮。無我惡兮，不寁故也。

遵大路兮，摻執子之手兮。無我魗兮，不寁好也。

這首戀歌描畫了一個經典場景：大路上苦苦挽留，情人間哀哀訴求。

● 遵：循，沿著。 ● 摻（ㄕㄢˇ）：執，持。 ● 祛：袖口。 ● 無：勿，不要。 ● 惡：厭惡。 ● 寁（ㄗㄢˇ）：快速離開。 ● 魗（ㄔㄡˇ）：醜，引申為可惡，嫌棄，拋棄。 ● 好：相好。

女曰雞鳴

女曰雞鳴

女曰雞鳴，士曰昧旦。子興視夜，明星有爛。
將翱將翔，弋鳧與雁。
弋言加之，與子宜之。宜言飲酒，與子偕老。
琴瑟在御，莫不靜好。
知子之來之，雜佩以贈之。知子之順之，
雜佩以問之。知子之好之，雜佩以報之。

這首詩以對話的形式，描述了一對夫婦美滿和諧的家庭生活，情感真摯而篤厚。

● 昧旦：天未明而將明。昧，即將天明。旦，早晨。 ● 興：起身，這裡謂起床。 ● 視夜：察看夜色如何。 ● 明星：啟明星。 ● 爛：明亮。 ● 翱：與下文的翔皆為鳥飛貌，喻人出門幹活。 ● 弋（一ˋ）：用帶絲繩的箭射鳥。 ● 鳧（ㄈㄨˊ）：野鴨。 ● 言：語助詞。 ● 加：射中。 ● 宜：烹調菜肴。 ● 御：用，這裡是彈奏的意思。 ● 來：勤勞。 ● 雜佩：身上佩戴的珠玉飾物。 ● 順：柔順，和藹。 ● 問：贈送。

有女同車

有女同車

有女同車，顏如舜華。將翱將翔，佩玉瓊琚。
彼美孟姜，洵美且都。

有女同行，顏如舜英。將翱將翔，佩玉將將。
彼美孟姜，德音不忘。

一個男子與一個姜姓女子同車出行。這首戀歌以男子的口吻，極力讚美這位女子的容貌德行。

● 舜：木槿。 ● 華：古「花」字。 ● 翱：與下文的翔均指女子下車行走時步態輕盈。 ● 瓊琚：美玉。 ● 孟：排行居長，這裡指長女。 ● 姜：姓。 ● 洵：確實，誠然。 ● 都：嫻雅。 ● 將將：擬聲詞，佩玉相擊之聲。 ● 德音：好聲譽。 ● 不忘：猶「不亡」，不已，流傳久遠。

山有扶蘇

山有扶蘇

山有扶蘇，隰有荷華。不見子都，乃見狂且。

山有橋松，隰有游龍，不見子充，乃見狡童。

這是一首情詩。女子與戀人約會時，俏皮地戲謔對方。

● 扶蘇：亦作扶疏，樹名。 ● 華：古「花」字。 ● 子都：古時著名的美男子。 ● 狂且（ㄐㄩ），這裡代指自己的戀人。且，通「伹」，拙，鈍。 ● 橋：通「喬」，高大。 ● 游龍：草名，葒草。 ● 子充：古時美男子。 ● 狡童，猶言小傢伙。狡，狡黠。

莽兮

蘀兮

蘀兮蘀兮，風其吹女。叔兮伯兮，倡予和女。

蘀兮蘀兮，風其漂女。叔兮伯兮，倡予要女。

男女歡會之時，女子領唱，讓男子與自己對歌唱和。

• 蘀（ㄊㄨㄛˋ）：落葉。草木皮葉落地為蘀。 • 女：通「汝」，這裡指蘀。 • 叔：與下文的伯在這裡當是指同輩兄弟之稱。 • 倡：唱。 • 和：應和。 • 漂：通「飄」，吹。 • 要：邀，約請。

狡童

狡童

彼狡童兮，不與我言兮。維子之故，使我不能餐兮。

彼狡童兮，不與我食兮。維子之故，使我不能息兮。

戀人之間鬧了小矛盾，起了小波瀾，女子正為此心神不寧。

● 彼：那個。 ● 維：通「唯」，以。 ● 子：指狡童。 ● 息：喘息，呼吸。

褰裳

褰裳

子惠思我，褰裳涉溱。
子不我思，豈無他人？狂童之狂也且！

子惠思我，褰裳涉洧。
子不我思，豈無他士？狂童之狂也且！

這是情人之間的戲謔之詞，女子似在責備男子對自己愛得不夠熱烈。

● 惠：愛。 ● 褰（ㄑㄧㄢ）：撩起。 ● 裳：裙衣。 ● 涉：渡河。 ● 溱（ㄓㄣ）：鄭國水名。 ● 狂童：愚昧的小傢伙。 ● 也且（ㄐㄩ）：語氣詞。 ● 洧（ㄨㄟˇ）：鄭國水名。

丰

子之丰兮，俟我乎巷兮，悔予不送兮！

子之昌兮，俟我乎堂兮，悔予不將兮！

衣錦褧衣，裳錦褧裳。叔兮伯兮，駕予與行！

裳錦褧裳，衣錦褧衣。叔兮伯兮，駕予與歸！

男子前來迎親，女子不肯隨行，過後又懊悔不已，希望對方再次來迎娶。

• 丰：容貌豐滿。 • 予：我。 • 昌：盛壯美好。 • 將：送。 • 衣：這裡用作動詞，穿衣。 • 褧（ㄐㄩㄥˇ）：以細麻製成的單衣。 • 叔：與下文的伯在這裡指迎親之人。 • 駕：駕車。 • 行：出嫁。 • 歸：出嫁。

東門之墠

東門之墠

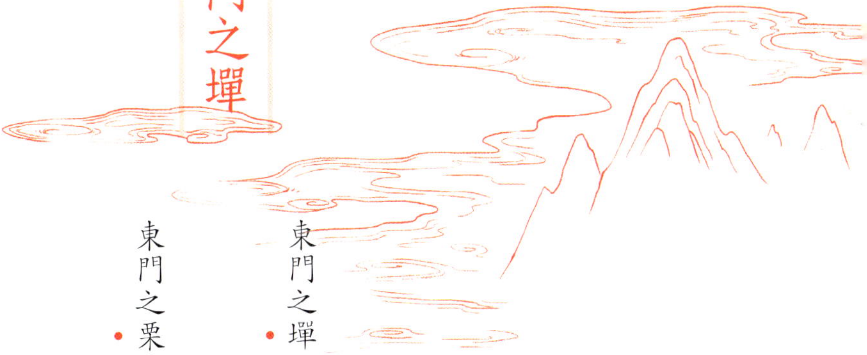

東門之墠，茹藘在阪。其室則邇，其人甚遠！

東門之栗，有踐家室。豈不爾思？子不我即！

女子愛戀一位男子，卻有咫尺天涯之感，她希望對方以禮相近，到自己家裡來。

● 墠（ㄕㄢˋ）：郊外平整之地。 ● 茹藘（ㄌㄩˊ）：草名，茜草。 ● 阪：山坡，斜坡。 ● 邇：近。 ● 栗：栗樹。 ● 踐：善。 ● 不我即：「不即我」的倒文。即，相就，接近。

風雨

風雨淒淒，雞鳴喈喈。既見君子，云胡不夷？

風雨瀟瀟，雞鳴膠膠。既見君子，云胡不瘳？

風雨如晦，雞鳴不已。既見君子，云胡不喜？

風雨，是天氣，是世道，亦是心境。妻子和丈夫在此中久別重逢，那是何等喜悅。

● 喈喈：雞叫聲。 ● 云：句首語助詞。 ● 胡：何，怎麼。 ● 夷：通「怡」，喜悅。 ● 膠膠：雞鳴聲。膠，通「嘐」。 ● 瘳（ㄔㄡ）：痊愈。 ● 如：而且。 ● 晦：天色昏暗。

子衿

子衿

青青子衿，悠悠我心。縱我不往，子寧不嗣音？

青青子佩，悠悠我思。縱我不往，子寧不來？

挑兮達兮，在城闕兮。一日不見，如三月兮。

女子在城闕處等候戀人，望穿秋水，焦急萬分，嗔怪中又愛意滿滿。

• 子：你。 • 子衿：古代衣服的交領。 • 寧：豈，難道。 • 嗣音：傳音訊。 • 佩：佩玉。或佩玉為青色，或繫玉的絲帶為青色。 • 挑：與下文的達指來回走動貌。 • 城闕：城門左右的高臺。

揚之水

揚之水

揚之水，不流束楚。終鮮兄弟，維予與女。
無信人之言，人實迋女！
揚之水，不流束薪。終鮮兄弟，維予二人。
無信人之言，人實不信！

詩篇以好言相勸，不要聽信挑撥離間者的那些閒話。

• 揚：水小緩流貌。 • 不流：流不動。 • 束楚：一捆荊條。 • 終：既。 • 維：只，僅。 • 女：通「汝」，你。 • 言：指挑撥離間之言。 • 迋（ㄍㄨㄤˇ）：欺騙。 • 薪：薪柴。

出其東門

出其東門

出其東門，有女如雲。雖則如雲，匪我思存。
縞衣綦巾，聊樂我員。

出其闉闍，有女如荼。雖則如荼，匪我思且。
縞衣茹藘，聊可與娛。

此詩表達男子只鍾情於心上人，忠貞不貳。

● 東門：鄭國都城的東門。 ● 如雲：比喻眾多。 ● 匪：通「非」。 ● 思存：思念之所在。 ● 縞（ㄍㄠˇ）：白色。 ● 綦（ㄑㄧˊ）：淺綠色。 ● 聊：姑且。 ● 員：語助詞。 ● 闉闍（ㄧㄣ ㄉㄨ）：城門外的半環形墻，上築高臺，又稱瓮城。 ● 荼：茅草、蘆葦之類開的白花，野地多有，這裡喻眾多。 ● 且（ㄘㄨˊ）：通「徂」，存念。 ● 茹藘（ㄌㄩˊ）：茜草，這裡代指絳紅色的佩巾。

野有蔓草

野有蔓草

野有蔓草，零露漙兮。有美一人，清揚婉兮。
邂逅相遇，適我願兮。
野有蔓草，零露瀼瀼。有美一人，婉如清揚。
邂逅相遇，與子偕臧。

一對男女不期而遇，一見鍾情，因相悅而結合在一起。

● 蔓：蔓延。 ● 零：降，落下。 ● 漙（ㄊㄨㄢˊ）：露水多，或言露珠圓。 ● 清揚：眉目清秀。 ● 婉：美。 ● 適：符合，適宜。 ● 瀼瀼：露濃貌。 ● 臧：善，好。

溱洧

殷商時代尤其重視祭祀，流傳下數量可觀的宗廟祭祀樂歌。周朝建立之始，曾接收殷商王室的檔案文獻，其中即有祭歌作品的記錄。先民們崇拜主宰一切的天帝上帝，禮讚神明神靈的祖先，敬畏日月星辰、山川江海、風雨雷電，乃至動植萬物…… 於是乎，巫覡歌舞降神，蒼生虔敬事神。在古老的詩中，人心始終都與神祇同在。

溱洧

溱與洧，方渙渙兮。士與女，方秉蕑兮。女曰觀乎？
士曰既且。且往觀乎？洧之外，洵訏且樂。
維士與女，伊其相謔，贈之以勺藥。
溱與洧，瀏其清矣。士與女，殷其盈矣。女曰觀乎？
士曰既且。且往觀乎？洧之外，洵訏且樂。
維士與女，伊其將謔，贈之以勺藥。

三月的上巳日，鄭國的青年男女相約在溱、洧水岸遊春踏青，潔身嬉遊以拂除不祥，互贈香草以傳情達意。這首詩描寫了古老節日的情形。

● 溱（ㄓㄣ）：與下文的洧（ㄨㄟˇ）皆為水名，流經鄭國都城附近。 ● 方：正。 ● 渙渙：水盛貌。 ● 秉：執，拿。 ● 蕑（ㄐㄧㄢ）：香草名，澤蘭。 ● 既：已。 ● 且往：姑且再次前往。且，通「徂」，往。 ● 洵：確實，誠然。 ● 訏（ㄒㄩ）：大。 ● 維：語助詞。 ● 伊：嘻笑貌。 ● 相謔：相互調笑。 ● 勺藥：香草名。 ● 瀏：水清澈貌。 ● 殷其：猶「殷殷」，殷，眾多。

齊風

呂尚，又稱姜尚，號太公望，文王與之相遇於渭水之陽，立為師，後佐武王克商有功，封於齊，建都營丘（今山東臨淄）。齊國原為東夷之地，呂尚因其俗，簡其禮，推行尊賢上功的政策，在發展經濟時能因地制宜，通工商之業，便魚鹽之利，成為一個經濟大國；在周成王時獲命征討武庚和管、蔡之亂，又成一個政治軍事大國。

《齊風》共十一篇，大多產生在春秋前期和中期，多為上層社會以及士階層的作品。

雞鳴

雞鳴

雞既鳴矣，朝既盈矣。匪雞則鳴，蒼蠅之聲。

東方明矣，朝既昌矣。匪東方則明，月出之光。

蟲飛薨薨，甘與子同夢；會且歸矣，無庶予子憎。

在夫妻床頭的一問一答中，我們看出一個是賢婦，一個是戀床不肯上朝的懶政者。此詩看似閨房嬉樂之作，又有警勸之意在。

• 朝：朝廷。 • 匪：通「非」。 • 則：之。 • 昌：盛，這裡謂人多。 • 薨薨：昆蟲群飛之聲。 • 甘：甘願，樂意。 • 會：朝會，君臣相會議事。 • 且：即將。 • 歸：朝事結束後歸去。 • 無庶：猶「庶無」，希望。 • 予：給與，遺留。 • 憎：厭惡，討厭。

《詩經》三百零五篇，我們今天已經無法一一考證每篇的產生年代，目前也只能大致確定最早的創作於西周初年，最晚的產生在東周時期的春秋中葉。也就是說，「詩三百」皆為周詩。其中有些作品可能是前代口口相傳而來的，或是更古老的祭歌的傳本，但它們都經由周代的記錄、加工和整理，並最後予以大致寫定成為「定本」，故而仍可歸屬到周代。

還

子之還兮，遭我乎峱之間兮。並驅從兩肩兮，揖我謂我儇兮。

子之茂兮，遭我乎峱之道兮。並驅從兩牡兮，揖我謂我好兮。

子之昌兮，遭我乎峱之陽兮。並驅從兩狼兮，揖我謂我臧兮。

兩位獵人在山間相遇，協作互助，由衷地讚美彼此。

● 還：通「旋」，便捷，快速。 ● 遭：逢，遇到。 ● 峱（ㄋㄠˊ）：山名，在今山東淄博南。 ● 從：追逐。 ● 肩：三歲的大獸。 ● 揖：作揖。 ● 儇（ㄒㄩㄢ）：輕捷，靈巧。 ● 茂：這裡謂打獵技術好。 ● 昌：美健貌。 ● 陽：山南為陽。 ● 臧：善。

着

著

俟我于著乎而，充耳以素乎而，尚之以瓊華乎而。

俟我于庭乎而，充耳以青乎而，尚之以瓊瑩乎而。

俟我于堂乎而，充耳以黃乎而，尚之以瓊英乎而。

這篇作品從新娘的視角描寫夫婿前來迎娶自己的情景，字裡行間洋溢著新婚的幸福感。

● 俟（ㄙˋ）：等待。 ● 著：古時宅院的大門和屏風之間的地方。 ● 乎而：語尾助詞。 ● 充耳：自男子的冠冕兩旁懸垂下來的飾物，下垂及耳，可塞耳以避聽。纏繫充耳的絲線雜以白、青、黃三色。 ● 素：白色。 ● 尚：加，增添。 ● 瓊華：美玉之光華。 ● 瑩：玉石之晶瑩。 ● 英：通「瑛」，玉石之光澤。

東方之日

東方之日

東方之日兮，彼姝者子，在我室兮。
在我室兮，履我即兮。
東方之月兮，彼姝者子，在我闥兮。
在我闥兮，履我發兮。

這是一首描繪男女幽會的情詩。

● 姝：美麗。 ● 子：女子。 ● 履：踩。 ● 即：通「膝」，膝蓋。古人席地而坐而臥，因親近而踩踏到了膝蓋。
● 闥（ㄊㄚˋ）：門內夾室。 ● 發：腳，足。

東方未明

東方未明

東方未明，顛倒衣裳。顛之倒之，自公召之。

東方未晞，顛倒裳衣。倒之顛之，自公令之。

折柳樊圃，狂夫瞿瞿。不能辰夜，不夙則莫。

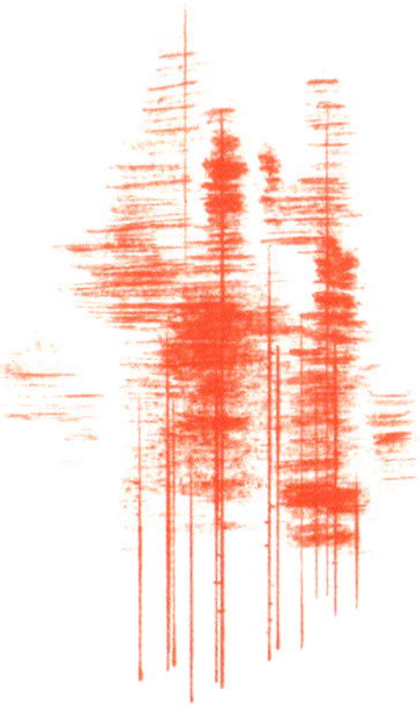

當政者不按時序發施號令，勞役者不勝其苦，由此在詩中表達怨憤之情。

衣裳：上為衣，下為裳。 召：召喚。 晞：破曉。 樊：編籬笆圍牆。 圃：菜園子。 瞿瞿：瞪眼張目，怒視貌。 辰：通「晨」。 夙：早。 莫：同「暮」。

南山

南山

南山崔崔，雄狐綏綏。魯道有蕩，齊子由歸。
既曰歸止，曷又懷止？
葛屨五兩，冠緌雙止。魯道有蕩，齊子庸止。
既曰庸止，曷又從止？
蓺麻如之何？衡從其畝。取妻如之何？必告父母。
既曰告止，曷又鞫止？
析薪如之何？匪斧不克。取妻如之何？匪媒不得。
既曰得止，曷又極止？

齊襄公在還是太子時即與同父異母的妹妹文姜有私情。其後文姜嫁給魯桓公，並在前694年與丈夫魯桓公一起到訪齊國。齊襄公與文姜再度私通，還派人殺死了桓公。此詩諷刺齊襄公的淫亂無恥。

● 崔崔：山高大貌。 ● 綏綏：走路遲緩，往復徘徊，謂追逐自己的配偶。 ● 有蕩：猶「蕩蕩」，平坦，廣大。 ● 齊子：齊國的女子，這裡指文姜。 ● 歸：出嫁。 ● 曷：為何。 ● 懷：想念。 ● 葛屨（ㄐㄩˋ）：以葛布製成的鞋。 ● 五兩：猶成雙成對。五，古「伍」字，行列。 ● 緌（ㄖㄨㄟˊ）：帽帶繫結後的下垂部分。 ● 止：語助詞。 ● 庸：用，謂出嫁。 ● 從：跟從，謂文姜順從其兄。 ● 蓺：種植。 ● 衡從：猶「橫縱」，南北曰縱，東西曰橫。 ● 鞫（ㄐㄩˊ）：窮盡，極其所欲。 ● 析：劈，砍。 ● 匪：通「非」。 ● 克：能，完成。 ● 取：同「娶」。

甫田

甫田

無田甫田，維莠驕驕。無思遠人，勞心忉忉。

無田甫田，維莠桀桀。無思遠人，勞心怛怛。

婉兮孌兮。總角丱兮。未幾見兮，突而弁兮！

思親念遠，其中又有不可厭小求大的勸誡之辭，頗具理致。

● 無：勿，不要。 ● 田：耕種田地。 ● 甫田：大田。 ● 維：發語詞。 ● 莠：狗尾草。 ● 驕驕：草高而盛貌。 ● 忉忉：憂慮貌。 ● 桀桀：猶「揭揭」，草高貌。 ● 怛怛：憂傷不安貌。 ● 婉：與下文的孌指年少而美好。 ● 總角：孩童束髮為兩髻，分紮在頭兩旁，似牛羊角。 ● 丱（ㄍㄨㄢˋ）：兩角對稱豎起。 ● 未幾：不久。 ● 弁（ㄅㄧㄢˋ）：帽子，這裡指年滿二十而戴冠，表已成年。

盧令

盧令令，其人美且仁。
盧重環，其人美且鬈。
盧重鋂，其人美且偲。

這首詩讚美獵人，還有其身邊的獵犬。

● 盧：黑色的獵犬。 ● 令令：狗戴的套環發出的聲響。 ● 其人：這裡指獵人。 ● 重（ㄔㄨㄥˊ）環：兩個環，大環套小環。 ● 鬈（ㄑㄩㄢˊ）：健壯勇猛。 ● 鋂（ㄇㄟˊ）：一個大環套兩個小環。 ● 偲（ㄙㄞ）：多才。

敝笱

敝笱在梁，其魚魴鰥。齊子歸止，其從如雲。

敝笱在梁，其魚魴鱮。齊子歸止，其從如雨。

敝笱在梁，其魚唯唯。齊子歸止，其從如水。

嫁至魯國的文姜多次往來於齊、魯兩國，與其兄行穢垢之事。齊人唱出這首歌詩，委婉地諷刺孱弱的魯國國君不能防備之，不能約束之。

● 敝：破敗。 ● 笱（ㄍㄡˇ）：竹籠，捕魚之具。 ● 梁：用來捕魚的河中小壩。 ● 魴（ㄈㄤˊ）：魚名，鯿魚。 ● 鰥（ㄍㄨㄢ）：魚名，鯤魚。 ● 齊子：指文姜。 ● 歸：回到娘家齊國。 ● 從：僕從，隨從。 ● 如雲：比喻多。 ● 鱮（ㄒㄩˋ）：魚名，鰱魚。 ● 唯唯：魚從容出游。

載驅

據說時至周代還存在著一種古老的制度：朝廷派出專門的官員——或稱之為「行人」「道人」，或命名曰「軒車使者」，到各地採集民間歌謠，為的是觀風俗，知得失，瞭解民情，省察糾正政教施行的得失。男男女女若有所怨恨，他們在一起，相從而歌，歌詠自己正經歷著的真實生活，「飢者歌其食，勞者歌其事」。這些歌謠作品逐級彙集上達，以至傳到天子那裡，王者可以足不出戶，盡知天下所「苦」。

載驅

載驅薄薄，簟笰朱鞹。魯道有蕩，齊子發夕。

四驪濟濟，垂轡瀰瀰。魯道有蕩，齊子豈弟。

汶水湯湯，行人彭彭。魯道有蕩，齊子翱翔。

汶水滔滔，行人儦儦。魯道有蕩，齊子遊敖。

齊襄公與文姜行苟且之事，不以為醜，反而盛其車服，讓車馬疾行在兩國都邑的大道上，招搖過市。此詩予以譏刺。

● 載：語助詞，加強語氣。 ● 薄薄：擬聲詞，車馬疾馳聲。 ● 簟笰（ㄉㄧㄢˋ ㄈㄨˊ）：以竹席製作成的車蓬。 ● 朱鞹（ㄎㄨㄛˋ）：用染紅的獸皮做成的車蓋。 ● 有蕩：猶「蕩蕩」，平坦。 ● 齊子：指文姜。 ● 發夕：早晨出行為發，晚上停宿為夕。 ● 驪：黑色馬。 ● 濟濟：眾多馬匹的毛色大小整齊貌。 ● 轡：馬韁繩。 ● 瀰瀰：柔軟美好。 ● 豈弟：通「闓圛」，與上文的「發夕」相對，發夕，侵夜而行；闓圛，將明而行。 ● 汶水：水名，汶河。 ● 湯湯：水勢盛大。 ● 彭彭：眾多貌。 ● 翱翔：像鳥兒一樣遨遊，這裡謂不進入魯國。 ● 儦儦：眾多貌。 ● 敖：同「遨」。

射禮，很古老，是禮樂制度的一部分。古人重武習射，射禮大概起源於武藝技能的傳承教習，在西周時逐步完善——文和武合而為一，宴飲和競技融而為一。孔子說：「君子無所爭。必也射乎!揖讓而升，下而飲，其爭也君子。」君子，其實沒什麼可爭的，如果一定要爭，恐怕就是射禮了吧。先打躬作揖，行謙讓之禮，然後登堂——進行射箭比賽，比試完畢再行謙讓之禮；下堂，行謙讓之禮，最後勝者罰負者飲酒，還要再次登堂，再行揖讓之禮。這樣的競爭比拼，方不失為君子之爭。

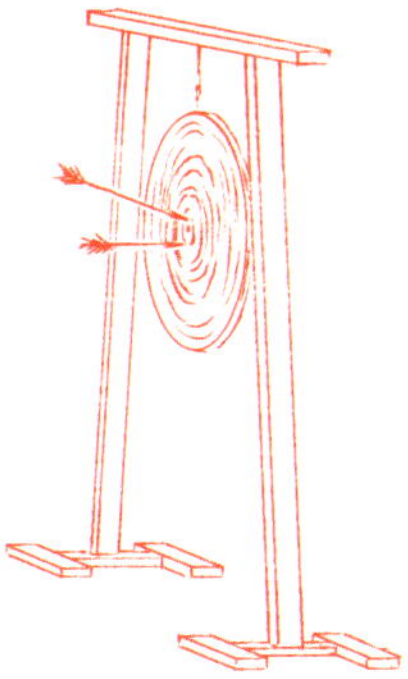

猗嗟

猗嗟昌兮！頎而長兮。抑若揚兮，美目揚兮。
巧趨蹌兮，射則臧兮。

猗嗟名兮，美目清兮。儀既成兮，終日射侯，
不出正兮，展我甥兮。

猗嗟孌兮，清揚婉兮。舞則選兮，射則貫兮，
四矢反兮，以禦亂兮。

一位少年射手，非但身體強壯，容貌俊俏，而且射藝精湛。或以為這個射手是文姜之子，即後來的魯莊公。

● 猗嗟：讚歎聲。 ● 昌：強壯，美盛。 ● 抑若揚兮：抑，通「懿」，美。揚，神情昂揚。此句讚射手額頭美好。 ● 揚：張目瞻視，眼睛清明。 ● 趨蹌：步履快而有節奏貌。 ● 臧：好，嫻熟。 ● 名：借為「明」，面目明淨。 ● 侯：以布或獸皮製成的箭靶。 ● 正：箭靶的中心區域。 ● 展：誠然，確實。 ● 甥：外甥。 ● 孌：俊美。 ● 選：整齊。 ● 貫：射中。 ● 反：反覆，這裡謂取回箭再射。 ● 禦亂：防禦暴亂。

魏風

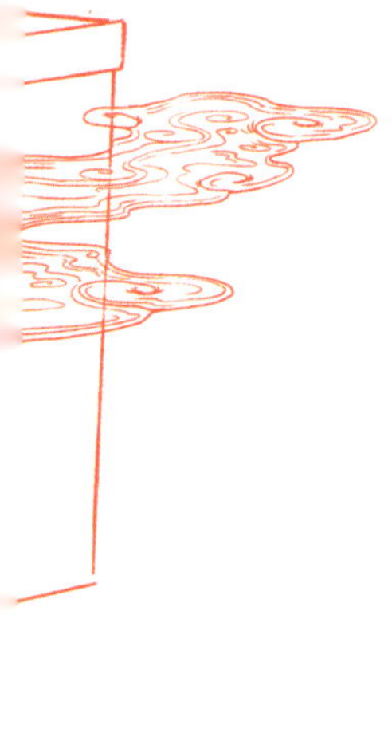

魏，本為周初的封國，在今山西芮城一帶。武王克殷後，封異母弟姬高於畢，是為畢公高。春秋時期，晉獻公滅魏，封畢公高的後人畢萬於魏，因其國名為魏。這裡是虞舜、夏禹所都之地，地處黃河大拐彎處，北枕中條山，西南臨黃河，地勢狹長，在地理地域上相對獨立。

《魏風》共七篇。春秋時期，魏國地狹而瘠，又旱澇無常，災害頻仍，人民生活困苦，負擔重，故而有諷刺貪鄙的篇章。

葛屨

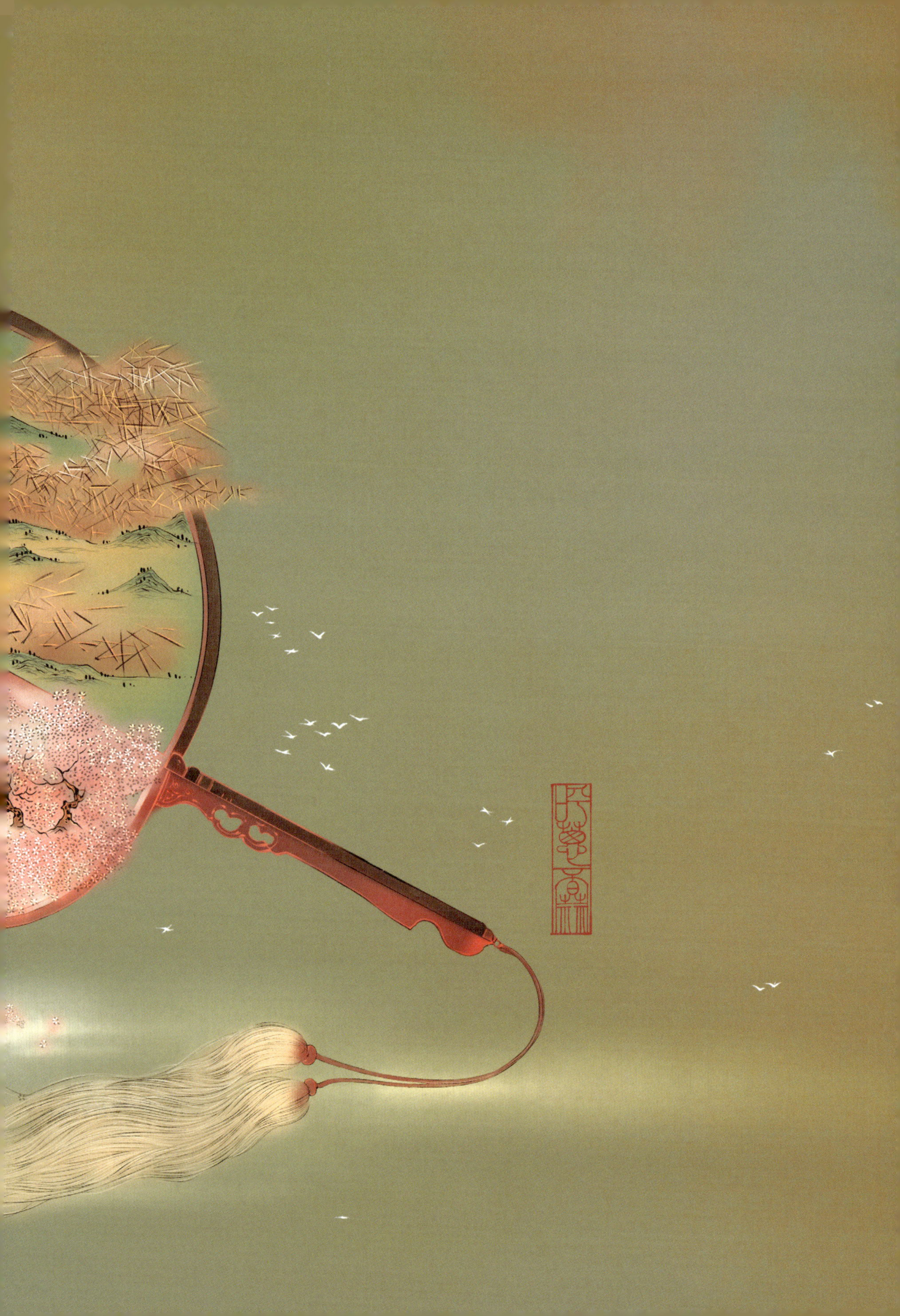

西周時期強調「五方正色」——東方為青，南方為赤，中為黃，西方為白，北方為黑，還有「五方間色」——綠、紅、碧、紫和騮黃，它們之間有嚴格的區分，以示尊卑不同。貴族階層要按等級穿戴不同顏色的衣冠。時至春秋，這樣的色彩制度逐漸毀棄掉了，例如齊桓公愛穿紫色衣服，讓國中百姓也都穿紫衣，而齊景公則好穿花衣，一身衣服滿是五顏六色。

葛屨

糾糾葛屨，可以履霜？摻摻女手，可以縫裳？
要之襋之，好人服之。
好人提提，宛然左辟，佩其象揥。
維是褊心，是以為刺。

縫衣女在詩中自述苦楚，又描述貴婦人的富足安樂，比照之下，諷刺之意立見。

● 糾糾：纏結、交錯貌。 ● 葛屨（ㄐㄩˋ）：即以葛草編織的鞋，夏天穿。屨，鞋。 ● 可：音義皆為「何」。 ● 履：踩踏。 ● 摻摻：猶「纖纖」，纖細柔嫩。 ● 要：同「褼」，這裡用作動詞，縫製裙子的腰。 ● 襋（ㄐㄧˊ）：衣領，這裡用作動詞，縫製衣領。 ● 提提：同「媞媞」，姿容安詳貌。 ● 宛然：轉身貌。 ● 辟：通「避」，閃開，躲避。 ● 象揥（ㄊㄧˋ）：以象牙製成的髮簪。 ● 維：因為。 ● 是：這個，這個人。 ● 褊（ㄅㄧㄢˇ）心：心胸狹小。 ● 是以：以是的倒文。是，代指這首詩。 ● 刺：指責，諷刺。

汾沮洳

汾沮洳

彼汾沮洳，言采其莫。彼其之子，美無度。
美無度，殊異乎公路。

彼汾一方，言采其桑。彼其之子，美如英；
美如英，殊異乎公行。

彼汾一曲，言采其藚。彼其之子，美如玉；
美如玉，殊異乎公族。

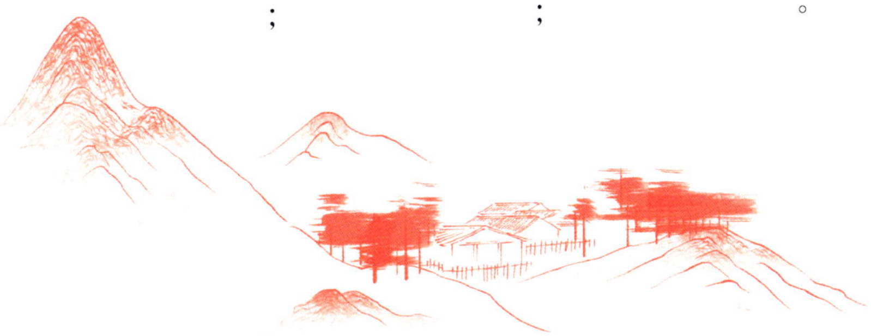

一個女子思慕自己的意中人，由衷地讚美自己的心上人。

● 汾：水名，汾河。 ● 沮洳（ㄐㄩˋ ㄖㄨˋ）：水旁低窪之地。 ● 言：句首語助詞。 ● 莫：草名，酸迷，俗名牛舌頭，嫩葉可食，味酸。 ● 無度：無比。 ● 公路：與下面的「公行」「公族」，皆為官名。 ● 英：花。 ● 曲：水流彎曲處。 ● 藚（ㄒㄩˋ）：草名，澤瀉，可食，可入藥。

園有桃

西周至春秋時的社會等級，大致可分為宗族貴族階層，其中包括天子、諸侯、卿大夫和士等四個等級，他們是世襲的，有封邑或土地，世代為官，有嚴密的宗法協調彼此的關係；庶人和工商階層，其中庶人是從事農業生產的勞動者，即一般的農民，他們不分尊卑，而是以親疏關係加以區別，工、商從業者亦是勞動者，無官職，無土地，有相應的議政之權；奴隸階層，銅器銘文和古文獻中往往以「臣妾」稱之，多為官府和家庭僕役，還有一部分從事手工業和農業生產，處在社會的最底層。

園有桃

園有桃，其實之殽。心之憂矣，我歌且謠。

不知我者，謂我士也驕。彼人是哉，子曰何其？

心之憂矣，其誰知之？其誰知之，蓋亦勿思！

園有棘，其實之食。心之憂矣，聊以行國。

不知我者，謂我士也罔極。彼人是哉？子曰何其？

心之憂矣，其誰知之？其誰知之？蓋亦勿思！

一位賢士對執政者不滿，而自己又遭非議，於是傷世憂時，訴說著剪不斷、理還亂的愁緒。

• 殽（ㄧㄠˊ）：通「肴」，食，吃。 • 驕：驕縱，高傲。 • 彼人：指執政者。 • 是哉：疑問，是正確的嗎？ • 何其：是不是，怎麼回事。 • 蓋（ㄏㄜˊ）：通「盍」，何不。 • 亦：語助詞。 • 棘：酸棗樹。 • 行國：行走在國中。 • 罔極：不奉行常道，不遵守法則。

陆岵

陟岵

陟彼岵兮，瞻望父兮。父曰：嗟！予子行役
夙夜無已。上慎旃哉！猶來無止！
陟彼屺兮，瞻望母兮。母曰：嗟！予季行役
夙夜無寐。上慎旃哉！猶來無棄！
陟彼岡兮，瞻望兄兮。兄曰：嗟！予弟行役
夙夜必偕。上慎旃哉！猶來無死！

一個征夫遠行在外，吞咽著父母兄弟離散之苦，登高望鄉，抒發對親人深摯的思念之情。

● 陟（ㄓˋ）：登上。 ● 岵（ㄏㄨˋ）：有草木的山。 ● 上：通「尚」，有勸勉。 ● 慎：謹慎，慎重。 ● 旃（ㄓㄢ）：「之焉」的合音字。 ● 猶：宜，應。 ● 來：回來，歸來。 ● 止：滯留在外。 ● 屺（ㄑㄧˇ）：不長草木的山。 ● 季：排行小的兒子。 ● 偕：猶言「偕偕」，強壯，這裡有勸勉之意。

十畝之間

十畝之間

十畝之間兮，桑者閑閑兮，行與子還兮。

十畝之外兮，桑者泄泄兮，行與子逝兮。

這是一首采桑女子結伴同歸同唱的勞動者之歌。

● 桑者：采桑之人。 ● 閑閑：從容不迫貌。 ● 行：行且，將要。 ● 泄泄：或作「呭呭」，多言貌，這裡表人多。 ● 逝：往。

伐檀

伐檀

坎坎伐檀兮，寘之河之干兮。河水清且漣猗。不稼不穡，胡取禾三百廛兮？不狩不獵，胡瞻爾庭有縣貆兮？彼君子兮，不素餐兮！

坎坎伐輻兮，寘之河之側兮，河水清且直猗。不稼不穡，胡取禾三百億兮？不狩不獵，胡瞻爾庭有縣特兮？彼君子兮，不素食兮！

坎坎伐輪兮，寘之河之漘兮。河水清且淪猗。不稼不穡，胡取禾三百囷兮？不狩不獵，胡瞻爾庭有縣鶉兮？彼君子兮，不素飧兮！

權貴們不勞而獲，坐享其成，勞動者在勞作時心有不平之氣，進而在詩中發問責難。

● 坎坎：伐木聲。 ● 檀：檀樹，木質堅硬，可製家具、造車。 ● 干：河岸。 ● 漣：水面波紋。 ● 猗：句末語氣詞。 ● 稼：種莊稼。 ● 穡（ㄙㄜˋ）：收莊稼。 ● 胡：何。 ● 廛（ㄔㄢˊ）：古代平民一戶人家所占的房舍和土地。此句即言三百戶人家所種的糧食。 ● 縣：同「懸」，懸挂。 ● 貆（ㄏㄨㄢˊ）：形如狐的小貉。 ● 素餐：吃白飯，不勞而食。 ● 輻：車輪的輻條，這裡謂伐木為輻。 ● 直：水流直行。 ● 億：古以十萬為億，這裡謂數量極多。 ● 特：大獸。 ● 漘（ㄔㄨㄣˊ）：水邊。 ● 淪：水有漩渦。 ● 囷（ㄐㄩㄣ）：圓形糧倉。 ● 鶉：鵪鶉。 ● 飧（ㄙㄨㄣ）：熟食，晚餐。這裡與「餐」「食」同義。

碩鼠

碩鼠

碩鼠碩鼠，無食我黍！三歲貫女，莫我肯顧。

逝將去女，適彼樂土。樂土樂土，爰得我所。

碩鼠碩鼠，無食我麥！三歲貫女，莫我肯德。

逝將去女，適彼樂國。樂國樂國，爰得我直。

碩鼠碩鼠，無食我苗！三歲貫女，莫我肯勞。

逝將去女，適彼樂郊。樂郊樂郊，誰之永號？

統治者們往往狡黠，且貪得無厭，老百姓心生憤怒，在詩中反對沉重的苛稅重斂，憧憬美好的生活。

• 貫：養活，侍奉。 • 女：通「汝」。 • 逝：通「誓」，發誓，表堅決之意。 • 去：離開。 • 爰：乃，於是。 • 所：居所。 • 德：感念恩德。 • 直：通「值」，價值。 • 勞：慰勞。 • 永：長。 • 號：大聲哭叫。

唐風

唐，本為商代的方國，相傳為祁姓，是堯的後裔。武王死，成王繼位，唐有亂。周公滅唐後，周成王封其弟姬叔虞於唐，都城為翼（今山西翼城西）。因唐地有晉水，後改國號為晉。唐地自有唐調，故而不取「晉風」而稱「唐風」。

《唐風》共十二篇，多為西周後期至春秋早期的作品。

蟋蟀

蟋蟀

蟋蟀在堂，歲聿其莫。今我不樂，日月其除。
無已大康，職思其居。好樂無荒，良士瞿瞿。

蟋蟀在堂，歲聿其逝。今我不樂，日月其邁。
無已大康，職思其外。好樂無荒，良士蹶蹶。

蟋蟀在堂，役車其休。今我不樂，日月其慆。
無已大康，職思其憂。好樂無荒，良士休休。

此詩抒歲暮之懷，既勸人要及時行樂，又警戒不可過於安樂。詩人的運思不可謂不深遠。

聿：語助詞。莫：同「暮」，盡。日月：光陰。除：逝去。無已：不要。大：「太」，過甚。康：安樂。職：常。居：居處，猶言自己的地位和職守。荒：荒廢。瞿瞿：警惕，謹勉。外：猶言裡裡外外，思深慮遠。蹶蹶：勤敏。役車：行役車馬之事，代指勞作。休：休息，停止。慆（ㄊㄠ）：流逝。休休：安閑和樂。

山有樞

山有樞

山有樞，隰有榆。子有衣裳，弗曳弗婁。
子有車馬，弗馳弗驅。宛其死矣，他人是愉。

山有栲，隰有杻。子有廷內，弗灑弗掃。
子有鐘鼓，弗鼓弗考。宛其死矣，他人是保。

山有漆，隰有栗。子有酒食，何不日鼓瑟？
且以喜樂，且以永日。宛其死矣，他人入室。

太過節儉，有其財而不施用，有鐘鼓而不自樂，亦非正道。此詩意在諷刺當政者，警醒當世之吝嗇者。

• 樞：樹名，刺榆。 • 隰（ㄒㄧˊ）：低窪之地。 • 弗：不。 • 曳：拖，拉。 • 婁：通「摟」，牽。與曳一樣，均為穿衣動作。 • 宛：通「苑」，病枯。 • 栲（ㄎㄠˇ）：樹名，山樗。 • 杻（ㄋㄧㄡˇ）：樹名，檍樹。 • 廷：通「庭」，庭院。 • 內：屋室。 • 考：敲，擊。 • 保：占有。 • 漆：漆樹。 • 永：使延長。

揚之水

揚之水，白石鑿鑿。素衣朱襮，從子于沃。
既見君子，云何不樂？

揚之水，白石皓皓。素衣朱繡，從子于鵠。
既見君子，云何其憂？

揚之水，白石粼粼。我聞有命，不敢以告人。

晉昭侯時，六卿強而公室卑弱。前745年，昭侯分封叔父成師於曲沃，是為桓叔。曲沃城更大，且桓叔年長而好德，國人多歸附於桓叔，晉國形成「末大於本」的態勢。前往曲沃投靠桓叔的人，在詩中一表心曲。

• 揚：水小緩流貌。 • 鑿鑿：鮮明貌。 • 襮（ㄅㄛˊ）：繡有花紋的衣領。 • 沃：地名，曲沃，春秋時期晉國的都邑。 • 云：句首助詞。 • 皓皓：光亮潔白貌。 • 繡：這裡謂朱紅衣領上的五彩花紋。 • 鵠：或作「皋」，即曲沃。 • 粼粼：清澈貌。

椒聊

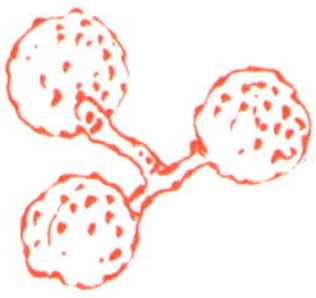

椒聊

椒聊之實，蕃衍盈升。彼其之子，碩大無朋。
椒聊且，遠條且。

椒聊之實，蕃衍盈匊。彼其之子，碩大且篤。
椒聊且，遠條且。

這首詩以花椒喻人，頌祝子嗣興旺。

● 椒聊：花椒樹，果實紅色，九、十月成實，種子黑色，有香氣，可入藥。 ● 蕃衍：繁盛眾多。 ● 升：古代量器名。 ● 無朋：無與倫比。 ● 且：語末助詞。 ● 條：長。 ● 匊（ㄐㄩˊ）：通「掬」，一捧。 ● 篤：厚實。

绸缪

綢繆

綢繆束薪，三星在天。今夕何夕？見此良人。
子兮子兮，如此良人何？

綢繆束芻，三星在隅。今夕何夕？見此邂逅。
子兮子兮，如此邂逅何？

綢繆束楚，三星在戶。今夕何夕？見此粲者。
子兮子兮，如此粲者何？

這是一首祝賀新婚之詩，描寫新婚之夜新人的喜悅之情。

● 綢繆：緊緊地纏繞。 ● 如：與下文的何構成「如……何」句式，把……怎麼樣。 ● 芻：餵牲口的草料。 ● 隅：天空的東南方。 ● 邂逅：遇合，指愛悅之人。 ● 戶：房門。 ● 粲（ㄘㄢˋ）者：美人。

杕杜

杕杜

有杕之杜，其葉湑湑。獨行踽踽，豈無他人？
不如我同父。嗟行之人，胡不比焉？
人無兄弟，胡不佽焉？

有杕之杜，其葉菁菁。獨行睘睘，豈無他人？
不如我同姓。嗟行之人，胡不比焉？
人無兄弟，胡不佽焉？

人無兄弟手足，感傷自己的孤立無援，故在詩中呼告求助。

● 杕（ㄉㄧˋ）：樹木孤生。 ● 杜：杜梨樹，即甘棠。 ● 湑湑：茂盛貌。 ● 同父：兄弟。 ● 嗟：悲歎。 ● 行：行路。 ● 比：親密，親近。 ● 佽（ㄘˋ）：幫助。 ● 菁菁：茂盛貌。 ● 睘睘：孤獨而無所依。

羔裘

羔裘豹袪，自我人居居。
豈無他人？維子之故！
羔裘豹褎，自我人究究。
豈無他人？維子之好！

一位權貴侮慢了自己，詩人諷刺這個昔日的朋友，不願再與之相處。也有解為奴隸諷刺奴隸主貴族，也有解為貴族婢妾對主人的反抗。

● 羔裘：羊皮襖。 ● 豹袪：以豹皮裝飾袖口。袪，袖口。 ● 我人：猶言我這個人。 ● 居居：通「倨倨」，傲慢。 ● 維：同「唯」，只。 ● 故：通「婟」，念戀。 ● 褎（ㄒㄧㄡˋ）：衣袖。 ● 究究：傲慢，不可親近。 ● 好：喜好。

鸨羽

鴇羽

肅肅鴇羽，集于苞栩。王事靡盬，不能蓺稷黍，
父母何怙？悠悠蒼天，曷其有所？

肅肅鴇翼，集于苞棘。王事靡盬，不能蓺黍稷，
父母何食？悠悠蒼天，曷其有極？

肅肅鴇行，集于苞桑。王事靡盬，不能蓺稻粱，
父母何嘗？悠悠蒼天，曷其有常？

晉自昭公之後，政局大亂，征役沒完沒了，人們不得安居樂業，不能贍養其父母，故而在詩篇中控訴之。

• 肅肅：鳥羽翅振動之聲。 • 鴇：鳥名，似雁而略大。 • 集：棲息。 • 苞：茂盛。 • 栩：柞樹。 • 盬（ㄍㄨˇ）：止息。 • 蓺：種植。 • 怙（ㄏㄨˋ）：依靠。 • 曷：何。 • 所：安居之所。 • 棘：酸棗樹。 • 極：終了，盡頭。 • 常：正常。

無衣

豈曰無衣？七兮。不如子之衣，安且吉兮！

豈曰無衣？六兮。不如子之衣，安且燠兮！

受贈新衣，觀之覽之，作者以歌詠的形式予以答謝。

● 七：與下文的「六」，皆虛數，謂衣服之多。 ● 安：舒服。 ● 吉：美善。 ● 燠（ㄩˋ）：暖。

有杕之杜

有杕之杜

有杕之杜，生于道左。彼君子兮，噬肯適我？
中心好之，曷飲食之？

有杕之杜，生于道周。彼君子兮，噬肯來遊？
中心好之，曷飲食之？

據載，晉武公孤寡無情，對其宗族大肆兼併，又不能親近賢良之士。這首歡迎客人到來的短歌，旨在求賢，又有譏刺武公之意在。也有人說此詩為戀愛詩。

● 杕（ㄉㄧˋ）：樹木獨立特出貌。 ● 杜：杜梨樹。 ● 噬：通「逝」，句首語助詞。 ● 適：往，歸向。 ● 曷：何，何不。 ● 周：通「右」。

葛生

葛生蒙楚，蘞蔓于野。予美亡此，誰與？獨處！

葛生蒙棘，蘞蔓于域。予美亡此，誰與？獨息！

角枕粲兮，錦衾爛兮。予美亡此，誰與？獨旦！

夏之日，冬之夜。百歲之後，歸于其居。

冬之夜，夏之日。百歲之後，歸于其室。

晉獻公立，曾盡殺諸公子，建立二軍，滅霍、魏、耿等國；又假道於虞以滅虢，回師再滅虞。晉國日益強大，而國人亦多喪亡。居家的妻子悼念亡故的丈夫，在詩中寄寓沉痛的哀思和懷念。

●蒙：覆蓋。●楚：落葉灌木，牡荊。●蘞（ㄌㄧㄢˋ）：草名，一種蔓生植物。●蔓：蔓延。●予美：對亡故之人的愛稱。●域：墓地。●角枕：角製的或用角裝飾的枕頭。●粲（ㄘㄢˋ）：鮮明，華美。●錦衾：這裡特指殮屍的錦被。●爛：光彩燦爛。●獨旦：獨自到天明。●居：這裡指墳墓。●室：這裡指墓穴。

采苓

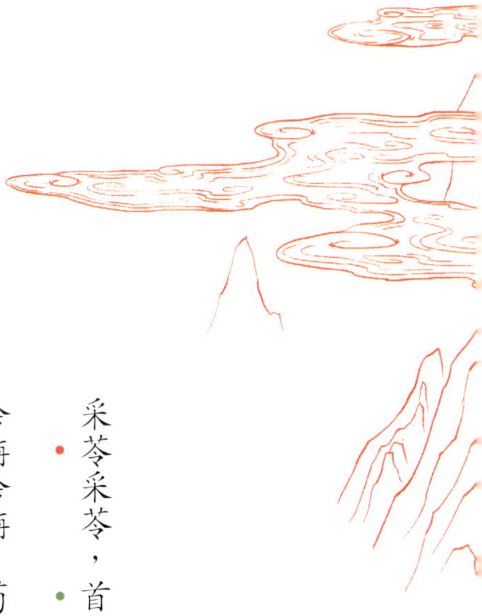

采苓

采苓采苓，首陽之巔。人之為言，苟亦無信。
舍旃舍旃，苟亦無然。人之為言，胡得焉？

采苦采苦，首陽之下。人之為言，苟亦無與。
舍旃舍旃，苟亦無然。人之為言，胡得焉？

采葑采葑，首陽之東。人之為言，苟亦無從。
舍旃舍旃，苟亦無然。人之為言，胡得焉？

這首詩勸人不要聽信讒言。

● 苓：草名，甘草。 ● 首陽：山名，在今山西永濟一帶。 ● 為：通「偽」，虛假。 ● 苟：確實。 ● 無：通「毋」，不要。 ● 舍：拋却。 ● 旃（ㄓㄢ）：之，指代假話、讒言。 ● 無然：不以之為然，不以之為是。 ● 胡：怎麼，如何。 ● 得：可取。 ● 苦：苦菜。 ● 無與：猶「毋以」，不用，不認可。 ● 葑：菜名，蔓菁。

秦風

非子，相傳為伯益的後裔，善養馬畜牧，周孝王時封之於秦邑（今甘肅張家川東），由此成為周的附庸國。前770年，秦襄公護送周平王東遷有功而被封為諸侯。春秋時期，秦德公建都於雍（今陝西鳳翔）。

秦國的區域在今陝西、甘肅一帶，秦人長期與戎、狄等少數民族作戰，性格純樸真摯，有尚武傳統和集體精神。《秦風》共十篇，基本反映了秦國的文化精神。

車鄰

有車鄰鄰，有馬白顛。未見君子，寺人之令。

阪有漆，隰有栗。既見君子，並坐鼓瑟。今者不樂，逝者其耋。

阪有桑，隰有楊。既見君子，並坐鼓簧。今者不樂，逝者其亡。

秦仲為秦國的興國之君，在周宣王時為大夫，一心向西周的禮樂文化看齊，而有車馬之盛。秦仲征伐西戎，為戎人所殺。按傳統說法，這首詩通過婢妾與秦君彈琴鼓瑟，在頌美秦仲。

● 鄰鄰：即「轔轔」，車行之聲。 ● 顛：額頭。 ● 寺人：亦作「侍人」，宮內小臣。 ● 阪：山坡。 ● 漆：漆樹。 ● 隰（ㄒㄧˊ）：低濕之地。 ● 栗：栗樹。 ● 逝者：將來。 ● 耋（ㄉㄧㄝˊ）：八十歲，這裡泛言年老。 ● 亡：死亡。

駟驖

西周時期戰爭的主要方式是「車戰」。馬車是重要的戰鬥工具，也是貴族常用的交通工具。西周時期的馬車沿用的是商代的形制，由軛（駕在馬脖子上的人字形器具）、轅（車前駕馬的直木）、衡（轅頭上縛軛的橫木）、輿（長方形車廂）、輪等部件組成。古代帝王在巡狩或田獵時，若晚上需要在野外住宿，即擇取一塊險要之地，以車為屏障，圍成營地。出入之處會有兩車相對，並把用來駕馬的車轅向上仰起相接，形成一個拱門，稱為「轅門」。後世軍營的大門，或軍政官署的外門，亦稱轅門。

駟驖

駟驖孔阜，六轡在手。公之媚子，從公于狩。

奉時辰牡，辰牡孔碩。公曰左之！舍拔則獲。

遊于北園，四馬既閑。輶車鸞鑣，載獫歇驕。

在秦襄公治下，秦國由附庸而受封為諸侯，又西逐犬戎，為秦國的強盛奠定了基礎。這首詩描繪國君父子狩獵的場面，有頌美之意在。

● 駟：四匹馬。 ● 驖（ㄊㄧㄝˇ）：黑中帶赤的馬。 ● 孔：甚。 ● 阜：肥壯。 ● 轡（ㄆㄟˋ）：馬繮繩。 ● 公：這裡指秦襄公。 ● 媚子：所寵愛的人。 ● 奉：供奉，供給。 ● 時：應時。 ● 辰：通「麎」，母鹿。 ● 牡：公鹿。 ● 舍：射箭。 ● 拔：箭末扣弦處。 ● 閑：嫻熟，謂馬匹訓練有素。 ● 輶（ㄧㄡˊ）：田獵時使用的輕便車輛。 ● 鸞：同「鑾」，車鈴。 ● 鑣：馬嚼子。 ● 獫（ㄒㄧㄢˇ）：長嘴獵犬。 ● 歇驕：亦作「猲獢」，短嘴獵犬。

小戎

小戎

小戎俴收，五楘梁輈。游環脅驅，陰靷鋈續。
文茵暢轂，駕我騏馵。言念君子，溫其如玉。
在其板屋，亂我心曲。

四牡孔阜，六轡在手。騏駵是中，騧驪是驂。
龍盾之合，鋈以觼軜。言念君子，溫其在邑。
方何為期？胡然我念之！

這是一首思婦詩。丈夫驅車帶兵出征西戎，女子在詩中深表思念之情。

• 小戎：輕小的兵車。 • 俴（ㄐㄧㄢˋ）：淺。 • 收：軫，車後橫木。車之前後皆有箱板，箱板可豎起放下，方便人上下車。 • 楘（ㄇㄨˋ）：車轅上加固用的環形革帶，亦是裝飾品。 • 梁輈：車轅，略有弧度，似梁，又如船形，故稱。 • 游環：拴在夾轅二馬的背上的皮質套環，可移動，驂馬的外轡從此穿過，防止脫出。 • 脅驅：駕具名。 • 陰：車軾前的橫板。 • 靷（ㄧㄣˇ）：牽引車的皮帶，一端繫在馬頸的皮套上，一端繫在車軸上。 • 鋈（ㄨㄛˋ）續：白銅製的環。 • 文茵：有花紋的褥子，鋪于車內。 • 暢轂：長長的車軸，伸出車輪之外，有防行車傾覆之用。 • 騏：青黑色的馬。 • 馵（ㄓㄨˋ）：後左足白色的馬。 • 板屋：西戎習俗，以木板為屋。 • 牡：雄馬。 • 孔：甚。 • 阜：肥大。 • 駵（ㄌㄧㄡˊ）：同「騮」，紅黑色的馬。 • 中：指中間的兩匹馬。 • 騧（ㄍㄨㄚ）：黑嘴的黃馬。 • 驪：黑色的馬。 • 驂：分列兩側的兩匹馬。 • 龍盾：畫有龍紋的盾。 • 合：合放在車上。 • 觼（ㄐㄩㄝˊ）：有舌的環，用來固定驂馬的繮繩。 • 軜（ㄋㄚˋ）：驂馬的內側繮繩。 • 邑：西戎的城邑。 • 方：將。 • 期：歸期。 • 胡然：為何，表疑問。

俴駟孔群，厹矛鋈錞。蒙伐有苑，虎韔鏤膺。

交韔二弓，竹閉緄縢。言念君子，載寢載興。

厭厭良人，秩秩德音。

俴（ㄐㄧㄢˋ）駟：不披鎧甲的四匹馬。 群：多。 厹（ㄑㄧㄡˊ）矛：又名「酋矛」「仇矛」，鋒刃為三棱的長矛。 錞（ㄉㄨㄟˋ）：亦作「鐓」，矛柄末端的金屬套。 蒙：在盾上刻雜羽的花紋。 伐：通「瞂」，盾。 苑：花紋。 虎韔（ㄔㄤˋ）：虎皮製成的弓袋。 鏤：雕刻有花紋。 膺：弓袋的正面。 交韔：兩張弓交錯放在弓袋中。 閉：通「柲」，以竹木製成的矯正弓身的工具。 緄（ㄍㄨㄣˇ）：繩子。 縢（ㄊㄥˊ）：纏，捆。 載：語助詞。 寢：臥睡。 興：起身。 厭厭：安靜柔和。 良人：好人，妻子稱自己的丈夫。 秩秩：明理，有禮。 德音：好聲譽。

蒹葭

西周時期的水上交通，已用舟楫和木排。周王統率六師出征，在涇水之上有眾多船夫划著大船前行。一般的民眾很少乘坐船隻，多數人渡河還是要徒步涉水，即便是大川也是要涉水而渡的。《周易》的卦爻辭中多有「涉大川」的字樣，「利」也好——利涉大川，「不可」也好——不可涉大川，即便有滅頂之災——過涉滅頂，都說明在先民那裡涉水過河抵達對岸，是一件不得不面對的大事。

蒹葭

蒹葭蒼蒼，白露為霜。所謂伊人，在水一方。
溯洄從之，道阻且長。溯游從之，宛在水中央。
蒹葭淒淒，白露未晞。所謂伊人，在水之湄。
溯洄從之，道阻且躋。溯游從之，宛在水中坻。
蒹葭采采，白露未已。所謂伊人，在水之涘。
溯洄從之，道阻且右。溯游從之，宛在水中沚。

在秋色淒迷中追尋意中人，在秋水方盛時上下求索。這首詩寫飄逸之境，訴悵惘之情。

● 蒹：荻草。● 葭：初生的蘆葦。● 蒼蒼：青色蒼深。也說茂盛貌。● 伊人：指代意中之人。● 溯洄：逆著河流的方向在岸邊尋求。● 阻：險阻。● 溯游：順著河流的方向向下走。● 淒淒：猶萋萋，草木茂盛貌。● 晞：幹，曬乾。● 湄：岸邊，水邊。● 躋（ㄐㄧ）：登，高。● 坻（ㄔˊ）：水中小沙洲。● 采采：眾多茂盛貌。● 涘（ㄙˋ）：水邊。● 右：迂迴，彎曲。● 沚：水中小沙灘。

終南

終南

終南何有？有條有梅。君子至止，錦衣狐裘。顏如渥丹，其君也哉！

終南何有？有紀有堂。君子至止，黻衣繡裳。佩玉將將，壽考不忘！

秦襄公在周幽王時曾率兵救周，又護送平王東遷有功，獲封岐以西之地，秦自此由附庸而為諸侯。 此詩即為讚美秦襄公之作。

● 終南：山名，終南山。 ● 條：樹名，楸樹。木質細密，可造車船，製成棋盤。 ● 渥丹：有光澤的朱砂，形容臉色紅潤。 ● 紀：通「杞」，杞柳。 ● 堂：通「棠」，棠梨。 ● 黻（ㄈㄨˊ）衣：繡有青黑色花紋的上衣。 ● 繡裳：繡有五色花紋的下衣。 ● 將將：亦作「鏘鏘」，佩玉撃碰之聲。 ● 考：老。

黄鳥

黃鳥

交交黃鳥，止于棘。誰從穆公？子車奄息。
維此奄息，百夫之特。臨其穴，惴惴其慄。
彼蒼者天，殲我良人！如可贖兮，人百其身！

交交黃鳥，止于桑。誰從穆公？子車仲行。
維此仲行，百夫之防。臨其穴，惴惴其慄。
彼蒼者天，殲我良人！如可贖兮，人百其身！

交交黃鳥，止于楚。誰從穆公？子車鍼虎。
維此鍼虎，百夫之禦。臨其穴，惴惴其慄。
彼蒼者天，殲我良人！如可贖兮，人百其身！

據載，前621年，秦穆公卒，遵照他的遺囑，殉葬者有177人，其中包括子車氏（《史記》作子輿）三兄弟，他們都是秦國的良臣。秦人作此詩以盡哀悼之情。

● 交交：鳥鳴聲。● 黃鳥：黃雀。● 止：停落，棲止。● 棘：酸棗樹。● 從：從死，殉葬。● 子車：亦作「子輿」，姓氏。● 奄息：人名。與下文中的仲行、鍼虎為三兄弟，皆是秦國賢臣。● 特：匹，匹敵。言子車奄息的才德敵得過一百個人。● 惴惴：恐懼貌。● 慄：戰慄。● 防：比方，相當。● 楚：荊，荊條。● 禦：抵擋，抵得上。

晨風

晨風

鴥彼晨風，鬱彼北林。未見君子，憂心欽欽。
如何如何，忘我實多！

山有苞櫟，隰有六駮。未見君子，憂心靡樂。
如何如何，忘我實多！

山有苞棣，隰有樹檖。未見君子，憂心如醉。
如何如何，忘我實多！

一位女子被丈夫拋棄，進而在詩中表達思念與哀怨之情。

● 鴥（ㄩˋ）：鳥疾飛狀。 ● 晨風：亦作「鸇風」，能在風中疾飛，襲擊諸如鳩、鴿、燕、雀等鳥類。 ● 鬱：茂密貌。 ● 欽欽：憂念不忘。 ● 苞：草木叢生。 ● 櫟：樹名，即栩樹，亦稱柞樹。 ● 六駮（ㄅㄛˊ）：亦作「六駁」，樹名，即梓榆。樹皮青白色，且斑駁，猶如駁馬之毛色。 ● 棣：棠棣樹。 ● 檖（ㄙㄨㄟˋ）：山梨樹。

無衣

無衣

豈曰無衣？與子同袍。王于興師，脩我戈矛，
與子同仇！
豈曰無衣？與子同澤。王于興師，脩我矛戟。
與子偕作！
豈曰無衣？與子同裳。王于興師，脩我甲兵。
與子偕行！

這是一首激昂士氣的戰歌。

● 袍：長衣。● 脩：整治。● 同仇：共同對敵。或以「仇（讎）」為匹配、匹偶，同仇，即為同伴。● 澤：同「襗」，貼身內衣。● 偕作：一起行動。● 裳：下衣，戰裙。● 甲兵：鎧甲和兵器。

渭陽

周代社會重視人際關係的建立，在相互交往中有約定俗成的禮儀或禮節。比如最常見的相見禮，士人初次相見，或是拜見尊長，要有介紹人介紹，送見面禮。相見則有迎送禮，主人的地位、名望、年齡相等或低於賓客的在大門外迎接，反之則在門內相迎，送客時亦然。國君對臣下不行迎送禮，對外賓則要親自迎送，或派親近大臣迎送。進大門或上臺階之前，相互要行揖讓之禮，送客時亦然。

渭陽

我送舅氏，曰至渭陽。何以贈之？路車乘黃。

我送舅氏，悠悠我思。何以贈之？瓊瑰玉佩。

詩中的舅氏是晉國公子重耳。他為避驪姬之亂，曾被迫流亡多年，輾轉多國後流落至秦，最終在秦穆公派兵護送下，離開秦國返回晉國。秦國太子罃的母親為晉獻公之女，公子重耳之姊，在此次送別時，她已過世。送別舅氏，亦如思見其母，可謂情真意摯。

● 舅氏：舅父，這裡指公子重耳，即後來的晉文公。● 渭陽：渭水北岸。● 路車：古代諸侯所乘之車。● 乘（ㄕㄥˋ）黃：四匹黃馬。● 悠悠：長久貌。見其舅而思其母，句中有無限情懷。● 瓊瑰：美好的玉石。

權輿

權輿

於，我乎！夏屋渠渠，今也每食無餘。
于嗟乎！不承權輿！
於，我乎！每食四簋，今也每食不飽。
于嗟乎！不承權輿！

沒落的貴族回首往昔自傷自歎。按傳統之見，此詩是在諷刺秦康公不能很好地對待前朝的舊臣和賢良。

• 於(ㄨ)：猶嗚呼，歎詞。• 夏屋：大屋。• 渠渠：高大深廣貌。• 承：繼承，接續。• 權輿：起始，最初。• 簋(ㄍㄨㄟˇ)：食器，有陶製的，有銅製的，形有方有圓，以圓居多。

陳風

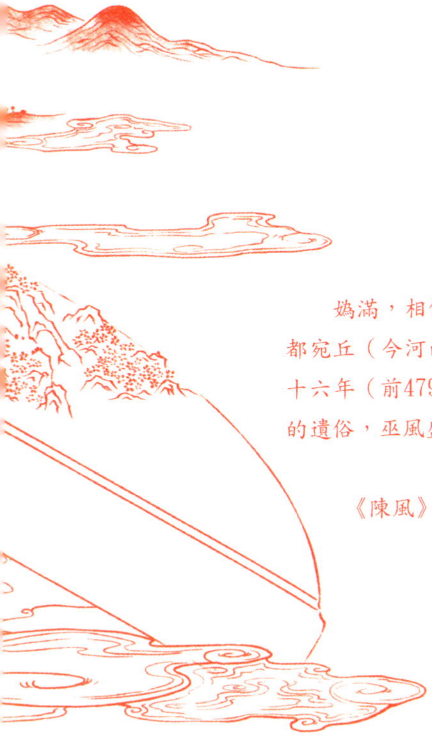

嬀滿，相傳為舜的後代，武王滅商，以長女大姬配之，封於陳，建都宛丘（今河南淮陽）。陳國的區域在今河南東部和安徽北部。魯哀公十六年（前479 年），陳國為楚所滅。陳地本屬商湯故地，有祈神禱福的遺俗，巫風盛行。

《陳風》共十篇，多產生於春秋前期至中期。

宛丘

子之湯兮，宛丘之上兮。洵有情兮，而無望兮。

坎其擊鼓，宛丘之下。無冬無夏，值其鷺羽。

坎其擊缶，宛丘之道。無冬無夏，值其鷺翿。

陳地乃殷商舊地，巫覡祈禱之風甚盛。一個舞女出現在宛丘之地，詩篇表達出愛慕之情。

● 湯：同「蕩」，身姿搖擺，言舞蹈之美。● 洵：確實。● 坎其：猶「坎坎」，敲擊鼓、缶等樂器之聲。● 值：通「植」，以手執持，或插戴以為舞者之頭飾。● 翿（ㄉㄠˋ）：以鳥羽製成的舞具。

東門之枌

東門之枌

東門之枌，宛丘之栩。子仲之子，婆娑其下。

穀旦于差，南方之原。不績其麻，市也婆娑。

穀旦于逝，越以鬷邁。視爾如荍，貽我握椒。

男女歡會歌舞，相知相戀，不在禮教之內，已達忘乎所以的境地。這無疑是陳國巫風習俗下的青春讚歌。

枌（ㄈㄣˊ）：白榆樹。 栩：柞樹。 婆娑：翩翩起舞。 穀旦：良辰吉日。 于：語助詞。 差：選擇。 原：高而平的土地。 績：把麻析開成絲條狀，然後搓拈成線。 市：街市，人聚集之地。或作「女」，句意更暢。 逝：往，前往。 越以：猶「于以」，發語詞，無實義。 鬷（ㄗㄨㄥ）：屢次。 邁：前往。 貽：贈。 握：一滿把。 椒：花椒，有香氣，女子以之供神降神，這裡作為禮物相贈。

春秋時期生產大發展，各諸侯國經商之風盛行，貿易往來活躍。此時的道德觀念出現兩極化的分野，有好利者、貪婪者，有純樸者、堅貞者。經濟發展了，財富充足了，貪求奢侈的言行與日俱增，而自西周以來的避利節儉的習俗，同樣在士人的道德風尚中占據著重要地位，例如體現在「吃」上，名相晏嬰有「食不重肉」的尚儉之舉。

衡門

衡門之下，可以棲遲。泌之洋洋，可以樂飢。

豈其食魚，必河之魴？豈其取妻，必齊之姜？

豈其食魚，必河之鯉？豈其取妻，必宋之子？

若能安於貧困，寡其嗜欲，即便降格而求其次，同樣可以自得其樂。

● 衡門：即橫木為門，言其簡陋。衡，通「橫」。 ● 棲遲：遊玩休憩。 ● 泌（ㄅㄧˋ）：泉水輕快流動。 ● 洋洋：水盛貌。 ● 樂飢：或作「㾃飢」，充飢。 ● 河：黃河。 ● 魴：一名鯿魚，以肥美著稱。 ● 取：通「娶」。 ● 姜：齊國國君，姜姓。這裡指齊國貴族的女兒。 ● 子：宋國國君，子姓。這裡指宋國貴族的女兒。

東門之池

植桑養蠶是重要的農事活動，早在商代即有所發展，甲骨卜辭、青銅紋飾以及玉飾中皆有蠶桑事業留下的印跡。蠶桑絲帛主要為貴族所用，平民一般只用麻織品。棉花的種植自元代以後才開始，此前的紡織原料主要是麻。麻，為草本植物，種類多，有大麻、苧麻、苘麻等。大麻的籽實可食，為「五穀」之一，莖皮纖維在漚泡後方能剝取下來，可製繩索和織布。

東門之池

東門之池，可以漚麻。彼美淑姬，可與晤歌。

東門之池，可以漚紵。彼美淑姬，可與晤語。

東門之池，可以漚菅。彼美淑姬，可與晤言。

這是一首男女相約相會的情詩，可以想見那時的歡歌笑語。

● 漚（ㄡˋ）：長時間浸泡。● 淑姬：當作「叔姬」，姬姓家的三姑娘。● 晤：相對。● 紵（ㄓㄨˋ）：苧麻。● 菅（ㄐㄧㄢ）：蘆荻一類的草，莖浸漬後變柔，可編織草鞋。

東門之楊

東門之楊

東門之楊，其葉牂牂。昏以為期，明星煌煌。

東門之楊，其葉肺肺。昏以為期，明星晳晳。

有一種等候會讓人翻江倒海思緒萬千。心上人久候而不至，由不得只能仰望星空。

● 牂牂：茂盛貌。 ● 昏：黃昏。 ● 期：相約，約定。 ● 明星：這裡特指金星，即啟明星。 ● 煌煌：星光明亮。 ● 肺肺：茂盛貌。 ● 晳晳：星光明亮。

墓門

墓門有棘，斧以斯之。夫也不良，國人知之。
知而不已，誰昔然矣。

墓門有梅，有鴞萃止。夫也不良，歌以訊之。
訊予不顧，顛倒思予。

統治者品行不良，使得國政失序，社會動蕩，又加惡於蒼生百姓。此詩對此予以譏刺。

● 墓門：墓道之門。● 棘：酸棗樹。● 斯：析，劈開。● 夫：那個人。● 已：制止，改正。● 鴞（ㄒㄧㄠ）：貓頭鷹一類的猛禽。● 萃：集，棲息。● 訊（ㄙㄨㄟˋ）：亦作「誶」，告誡，責罵。● 訊予：予訊，此為倒文成義。● 顛倒：跌倒，猶栽跟頭，或進而言之，指國家動蕩。

防有鵲巢

美人，多次出現在《詩經》各篇，主要指品德美好的人，在後世詩歌作品中常被喻為賢者、君子乃至君王。美人，與「香草」並置，在古詩文中用來象徵忠君愛國，成為文化傳統的政治隱喻和故實。最具代表性的是屈原的騷賦作品，依詩三百取興，引類比喻，以善鳥、香草配忠貞之士，把有靈智遠見的、有美好品德的喻國君。《防有鵲巢》一篇可視為詩學中香草美人傳統的濫觴。

防有鵲巢

防有鵲巢，邛有旨苕。誰侜予美？心焉忉忉。

中唐有甓，邛有旨鷊。誰侜予美？心焉惕惕。

即便是才子佳人的戲文，中間定不免有小人作梗。其實最普通的愛情，也難逃此憂。這就是生活， 這就是相愛，這就是真實的人生。

● 防：堤防，河壩。 ● 邛（ㄑㄩㄥˊ）：土丘。 ● 旨：味美。 ● 苕（ㄊㄧㄠˊ）：蔓生植物，生長在低濕之地。 ● 侜（ㄓㄡ）：欺誑。 ● 唐：庭中道路。 ● 甓（ㄆㄧˋ）：磚瓦。 ● 鷊（ㄧˋ）：綬草，美如錦，又名鋪地錦。 ● 惕惕：憂懼貌。

月出

《詩經》有不少篇章在刻畫女性之美，藝術手法大致分為三類：一為工筆畫，以《衛風．碩人》為代表；一為側面烘托，以《秦風．蒹葭》為代表；一為意境營造，以《陳風．月出》為代表——詩人把心中的美人置於浪漫的空間氛圍中。月夜良宵，微風輕拂，正是男女幽會，許天長地久、立山盟海誓之時。

月出

月出皎兮，佼人僚兮。舒窈糾兮，勞心悄兮！

月出皓兮，佼人懰兮。舒懮受兮，勞心慅兮！

月出照兮，佼人燎兮。舒夭紹兮，勞心慘兮！

花前相悅，月下相念。這是最美的浪漫，即使有勞心之苦。

● 佼：通「姣」，美。● 僚（ㄌㄧㄠˊ）：通「嫽」，美麗。● 舒：發語詞。● 窈糾（ㄐㄧㄠˇ）：猶「窈窕」，儀態靜美。● 悄：憂愁。● 懰（ㄌㄧㄡˊ）：通「嬼」，嫵媚，妖嬈。● 懮受：步履輕盈，體態優美。● 慅（ㄘㄠˇ）：憂愁，不安。● 燎：美豔。● 夭紹：體態輕盈多姿。● 慘：當作「懆」，煩躁不安。

株林

從古至今，從來不乏敢於諫爭的忠義之士，他們不惜冒犯尊長或是君王，直立相勸，直言相勸，甚至話語如同流水一樣滔滔不絕，以求達到自己的期許和目的。詩人的表達則有「主文譎諫」的修辭傳統。主文，謂以譬喻進行規勸；譎諫，指以委婉的方式來諷刺。詩意看似隱晦，但同在一個語境的人們一聽又能明白。尤其面對醜行穢事，以歌詩諷之嘲之，言簡而意賅，朗朗上口，傳之久遠，似更有力量，同時能讓言之者無罪，聞之者足戒。

株林

胡為乎株林？從夏南！匪適株林，從夏南！

駕我乘馬，說于株野。乘我乘駒，朝食于株。

據載，鄭穆公之女嫁給陳國株邑的夏御叔，是為夏姬。她有絕代美色，在陳國引發君臣一干人等的邪穢之舉、淫惡之行。此詩以含蓄筆調，諷刺當事人陳靈公和夏姬的淫亂。

• 株：邑名，陳國大夫夏氏的封邑。 • 林：郊外。 • 夏南：大夫夏御叔和夏姬之子，名徵舒，字子南。 • 匪：通「非」，不是。 • 適：前往。 • 我：這裡以陳靈公的口吻自稱。 • 乘（ㄕㄥˋ）馬：四匹馬。• 說：通「稅」，停車休息。 • 野：近郊。 • 朝食：吃早飯。

澤陂

澤陂

彼澤之陂，有蒲與荷。有美一人，傷如之何？
寤寐無為，涕泗滂沱。
彼澤之陂，有蒲與蕑。有美一人，碩大且卷。
寤寐無為，中心悁悁。
彼澤之陂，有蒲菡萏。有美一人，碩大且儼。
寤寐無為，輾轉伏枕。

詩人以池塘花草起興，歌詠相戀而不相及的煩惱、憂傷和痛苦。

● 陂（ㄆㄛ）：水澤邊的岸坡。 ● 蒲：蒲草。 ● 傷：或作「陽」，第一人稱，予，我。 ● 蕑（ㄐㄧㄢ）：香草，澤蘭。或作「蓮」。 ● 卷（ㄑㄩㄢˊ）：通「婘」，美好貌。 ● 悁悁：悲傷憂悶貌。 ● 菡萏（ㄏㄢˋㄉㄢˋ）：荷花。 ● 儼：美豔。

檜風

檜，或作「鄶」，古國名，在今河南新密東南，武王封祝融之後於此，國君為妘姓。周平王二年（前769），鄭武公滅檜，併其地入鄭。

《檜風》共四篇，皆為檜國滅亡前後的作品，多亡國哀怨之音。

蒹葭

羔裘

羔裘逍遙，狐裘以朝。豈不爾思？勞心忉忉。

羔裘翱翔，狐裘在堂。豈不爾思？我心憂傷。

羔裘如膏，日出有曜。豈不爾思？中心是悼。

羊皮襖，狐皮裘，油光可鑒，大夫成群結隊地蹓躂逛蕩，想必也是標緻極了，但若不能用道以自強，怎不讓有識之士心中傷悼！此詩的主題是懷人，只是這個「人」有些特殊 —— 朝堂上的當政者。

• 羔裘：羊皮外衣，為大夫日常所穿。 • 狐裘：狐皮外衣，為大夫進朝時所穿。 • 堂：公堂。 • 膏：油脂，形容羔裘的柔順光潔。 • 有曜（一ㄠˋ）：猶言「曜曜」，光芒。

素冠

素冠

庶見素冠兮，棘人欒欒兮，勞心慱慱兮。
庶見素衣兮，我心傷悲兮，聊與子同歸兮。
庶見素韠兮，我心蘊結兮，聊與子如一兮。

悼亡之人一身素服，虔心執禮，不勝悲痛。此詩對此予以美頌。

● 庶：庶幾，幸而。 ● 素冠：白帽子。與後面的素衣、素韠，皆為孝服，居喪時穿戴。 ● 棘：通「瘠」，瘦瘠。 ● 欒欒：瘦瘠貌。 ● 慱慱：憂苦不安貌。 ● 韠（ㄅㄧˋ）：蔽膝。類似圍裙。

隰有萇楚

隰有萇楚

隰有萇楚，猗儺其枝。夭之沃沃，樂子之無知。

隰有萇楚，猗儺其華。夭之沃沃。樂子之無家。

隰有萇楚，猗儺其實。夭之沃沃。樂子之無室。

詩人悲歎自己不如山野間的草木，還羨慕別人的無家無口。他或她的生活遭際該是何等苦楚！

● 隰（ㄒㄧˊ）：低濕之地。 ● 萇（ㄔㄤˊ）楚：羊桃，獼猴桃。 ● 猗儺：同「婀娜」，輕盈柔美。 ● 夭：草木初生而屈，這裡言茁壯美嫩。 ● 沃沃：少嫩漂亮貌。 ● 知：相知，這裡引申為配偶。

封建，有封邦建國之義，指帝王把爵位和土地分封給宗室、親戚或功臣，使之在屬於自己的區域內建立邦國。據載，西周初期的武王、周公、成王一共分封了七十一國，其後一直有分封，整個西周時期分封的國家有數百之多，即便到了春秋時期還有一百四十多個。關於檜國的記載，出現在《左傳·僖公三十三年》，此時已亡國多年。是年冬，鄭國的公子瑕在楚國的支持下進攻鄭國，結果戰車傾覆，人亦遭到擒殺。鄭文公夫人把他的屍體收殮，葬在檜城之下。

匪風

匪風發兮，匪車偈兮。顧瞻周道，中心怛兮！

匪風飄兮，匪車嘌兮。顧瞻周道，中心弔兮！

誰能亨魚？溉之釜鬵。誰將西歸？懷之好音。

行役在外之人聽到風聲，瞻望來路，車馬奔馳，思鄉之情、憂歎之懷隨之傾瀉在詩句間。

匪：通「彼」，那。 發：猶言發發，風疾之聲。 偈（ㄐㄧㄝˊ）：猶言偈偈，疾馳貌。 周道：大道，大路。 怛（ㄉㄚˊ）：憂悲。 嘌：通「飄」，風疾而回旋。 弔：悲傷。 亨：同「烹」，煮。 溉：洗滌。 釜：鍋。 鬵（ㄒㄧㄣˊ）：炊具，大鍋。 懷：歸，贈予。

曹風

曹，西周初年分封的諸侯國。武王滅商，封其弟叔振鐸之於曹，建都陶丘（今山東菏澤定陶西北），魯哀公八年（前487年），為宋國所滅。曹國的疆域主要在今山東省西部。

《曹風》共四篇，多為西周後期至東周初年的作品。

蜉蝣

蜉蝣

蜉蝣之羽，衣裳楚楚。心之憂矣，於我歸處！

蜉蝣之翼，采采衣服。心之憂矣，於我歸息！

蜉蝣掘閱，麻衣如雪。心之憂矣，於我歸說！

蜉蝣羽翼華美，而生命極其短促。詩人觸物動情，由不得感歎人生苦短。

● 蜉蝣：亦作「浮游」，一種朝生暮死的小昆蟲。 ● 楚楚：鮮明貌。這裡形容蜉蝣的羽翼纖薄、半透明、有光澤。 ● 於：何，哪裡。一說通「嗚」，歎詞。 ● 歸處：意謂死去。於下文的「歸息」「歸說」意同。 ● 采采：形容有文采，華美亮麗。 ● 掘：穿。 ● 閱（ㄒㄩㄝˋ）：通「穴」。謂蜉蝣的幼蟲自地下穿穴而出。 ● 麻衣：麻衣一般夏時穿，淺白色。這裡借指夏秋活動的蜉蝣的羽翼。 ● 說（ㄕㄨㄟˋ）：通「稅」，止息。

候人

彼候人兮，何戈與祋。彼其之子，三百赤芾。

維鵜在梁，不濡其翼。彼其之子，不稱其服。

維鵜在梁，不濡其咮。彼其之子，不遂其媾。

薈兮蔚兮，南山朝隮。婉兮孌兮，季女斯飢。

小官吏們多有勞苦，而新貴們卻是金玉其外敗絮其中。這首詩同情前者，嘲諷後者。

候人：駐守國境，守望道路，迎送賓客的小官吏。何：通「荷」，扛在肩上。祋（ㄉㄨㄟˋ）：亦作「殳」，一種竹製武器，有棱無刃，用以擊打或前導。彼：那些。其：語氣助詞，無實義。之子：下句中的官員們。芾（ㄈㄨˊ）：亦作「紱」，皮製的蔽膝。古時大夫以上的官員，穿戴赤紅色的蔽膝。維：發語詞。鵜：水鳥名，鵜鶘。梁：在水中築的壩，用來捕魚。濡：沾濕。咮（ㄓㄡˋ）：鳥嘴。遂：長久。媾（ㄍㄡˋ）：厚待，恩寵。薈：形容草木彙聚茂盛。下文的「蔚」同意。隮（ㄐㄧ）：彩虹。婉：與下文的孌均指年少柔美。季女：少女，這裡指候人之女。斯：語助詞。

鳲鳩

鳲鳩

鳲鳩在桑，其子七兮。淑人君子，其儀一兮。
其儀一兮，心如結兮。

鳲鳩在桑，其子在梅。淑人君子，其帶伊絲。
其帶伊絲，其弁伊騏。

鳲鳩在桑，其子在棘。淑人君子，其儀不忒。
其儀不忒，正是四國。

鳲鳩在桑，其子在榛。淑人君子，正是國人，
正是國人，胡不萬年！

布穀鳥餵養幼鳥，能做到始終如一，早上從頭到尾，日暮則從尾到頭，井然有序。修身或治世，亦當有用心堅貞、平均專一的美好德行。

● 鳲（ㄕ）鳩：布穀鳥。● 七：虛數，言幼鳥之多。● 儀：言行，態度。● 結：堅固，貞定。● 帶：腰帶。● 伊：是。此句謂貴族的腰帶是以素絲製成。● 弁（ㄅㄧㄢˋ）：穿通常禮服時戴的一種帽子。● 騏：有青黑色花紋的馬，這裡泛指青黑色。● 忒（ㄊㄜˋ）：偏差，差誤。● 正：官長，領導。● 胡：何。

下泉

下泉

洌彼下泉，浸彼苞稂。愾我寤歎，念彼周京。

洌彼下泉，浸彼苞蕭。愾我寤歎，念彼京周。

洌彼下泉，浸彼苞蓍。愾我寤歎，念彼京師。

芃芃黍苗，陰雨膏之。四國有王，郇伯勞之。

有感於大國強國侵凌小國弱國，詩人慨歎王室的衰微，懷念昔日的明君賢臣。

● 洌：寒涼。 ● 下泉：地下泉水。 ● 苞：叢生。 ● 稂（ㄌㄤˊ）：長穗而不結籽實的禾。 ● 愾（ㄎㄞˋ）：歎息。 ● 寤：不睡，醒著。 ● 周京：周天子所在的都城。 ● 蕭：蒿草。 ● 蓍（ㄕ）：蓍草，叢生，一本多莖。 ● 芃芃：茂盛的樣子。 ● 膏：脂油，這裡有滋潤之意。 ● 郇（ㄒㄩㄣˊ）伯：即荀伯。魯昭公二十二年（前520年），王子朝作亂，晉文公派大夫荀躒領兵平亂，護衛周敬王入成周而為天子。 ● 勞：勤勞，操勞。

豳風

周人的先祖公劉率族人遷居於豳，並在此立國，修建房舍，從事農耕，發展生產。豳，亦作「邠」，在今陝西旬邑西。這裡的人們有先王遺風，好稼穡，以農桑為本，故而詩作對農事言說甚為詳備。

《豳風》共七篇。有些作品產生在周人興起的舊國故地，時間較早；還有些是周公東征時期的作品，以及相傳為周公本人的作品，為西周前期的作品。

七月

七月

七月流火，九月授衣。一之日觱發，二之日栗烈。
無衣無褐，何以卒歲？三之日于耜，四之日舉趾。
同我婦子，饁彼南畝，田畯至喜。
七月流火，九月授衣。春日載陽，有鳴倉庚。
女執懿筐，遵彼微行，爰求柔桑。
春日遲遲，采蘩祁祁，女心傷悲，殆及公子同歸。

這是一首堪稱典範的農事詩，敘一年四季的勞作過程和生活情形，寫民生之多艱，述王業之不易。

● 七月：夏曆七月。 ● 流：星星在天空中向下移動。 ● 火：星名，又名大火，即心宿二。 ● 授衣：讓婦女製備冬衣。 ● 一之日：夏曆十一月。 ● 觱（ㄅㄧˋ）發：寒風觸物有聲。 ● 二之日：夏曆十二月。 ● 栗烈：凓冽，寒氣凜冽。 ● 褐：粗麻布短衣，地位低賤者之服。 ● 三之日：夏曆正月。 ● 于：拿出修理。 ● 耜（ㄙˋ）：用來翻土的農具。 ● 四之日：夏曆二月。 ● 舉趾：猶舉足，意謂開始春耕。 ● 同：會同，聚集。 ● 饁（ㄧㄝˋ）：給在田間勞作的人送飯。 ● 田畯（ㄐㄩㄣˋ）：田官，監督管理農事生產活動。 ● 至：致，分發。 ● 喜：通「饎」，飯食。 ● 春日：夏曆三月。 ● 載：則。 ● 陽：溫暖，天氣暖和。 ● 倉庚：黃鶯。 ● 懿：深且美。 ● 遵：沿著。 ● 微行：小徑。 ● 爰（ㄩㄢˊ）：於是。 ● 蘩：白蒿，養蠶之用。 ● 祁祁：眾多。 ● 殆：怕。 ● 同歸：意謂被強行帶走。

七月流火，八月萑葦。蠶月條桑，取彼斧斨，
以伐遠揚，猗彼女桑。七月鳴鵙，八月載績，
載玄載黃，我朱孔陽，為公子裳。

四月秀葽，五月鳴蜩。八月其穫，十月隕蘀。
一之日于貉，取彼狐狸，為公子裘。
二之日其同，載纘武功。言私其豵，獻豜于公。

● 萑（ㄏㄨㄢˊ）葦：荻草和蘆葦，這裡意謂收割荻、葦。 ● 蠶月：夏曆三月。 ● 條：通「挑」，修剪。 ● 斨（ㄑㄧㄤ）：方形柄孔的斧子。 ● 遠揚：過高的枝條。 ● 猗：通「掎」，以手牽拉。 ● 女桑：嫩小的桑樹。 ● 鵙（ㄐㄩˊ）：鳥名，即伯勞鳥。 ● 績：紡織。 ● 載：語助詞，無實義。 ● 陽：顏色鮮亮。 ● 秀：抽穗結實。 ● 葽（ㄧㄠ）：葽草，即遠志，可入藥。 ● 蜩（ㄊㄧㄠˊ）：蟬。 ● 穫：收穫莊稼。 ● 隕：凋零落下。 ● 蘀（ㄊㄨㄛˋ）：草木的葉皮掉脫落地。 ● 于：前往，獵取。 ● 貉：形似狐，尾較短，皮毛貴重。 ● 同：會合，一起田獵。 ● 纘（ㄗㄨㄢˇ）：繼續。 ● 武功：這裡指田獵活動。 ● 言：語首助詞。 ● 私：個人獵取。 ● 豵（ㄗㄨㄥ）：不滿一歲的小豬，泛指小獸。 ● 豜（ㄐㄧㄢ）：三歲的大豬，泛指大獸。

五月斯螽動股，六月莎雞振羽。七月在野，八月在宇，九月在戶，十月蟋蟀入我床下。穹窒熏鼠，塞向墐戶。嗟我婦子，曰為改歲，入此室處。

六月食鬱及薁，七月亨葵及菽。八月剝棗，十月穫稻，為此春酒，以介眉壽。七月食瓜，八月斷壺，九月叔苴，采荼薪樗，食我農夫。

● 斯螽（ㄙ ㄓㄨㄥ）：亦作「螽斯」，蚱蜢。● 股：大腿。● 莎雞：蟲名，即紡織娘。● 宇：這裡謂屋檐之下。● 戶：這裡謂戶內。● 穹：窮盡，這裡意謂打掃。● 窒：堵塞。● 熏鼠：以煙熏的方式把老鼠趕走。● 向：朝北的窗戶。● 墐（ㄐㄧㄣˇ）戶：用泥塗抹房門，彌合縫隙以禦風寒。● 改歲：過年。● 處：居住，棲息。● 鬱：鬱李，亦稱棠棣，味酸甜。● 薁（ㄩˋ）：野葡萄。● 亨：同「烹」，煮。● 葵：冬葵，古人最常食用的蔬菜之一。● 菽：大豆。● 剝：通「撲」，敲打以收穫。● 春酒：以大棗、稻穀釀酒，冬釀而春熟，故稱春酒。● 介：助長，幫助。● 眉壽：年老之時，眉毛會有幾根長得特別長，是長壽的象徵，故稱。● 斷：弄斷蔓以採摘。● 壺：通「瓠」，葫蘆。● 叔：拾取。● 苴（ㄐㄩ）：麻籽。● 荼：苦菜。● 薪：砍取以為薪柴。● 樗（ㄕㄨ）：臭椿樹。● 食（ㄙˋ）：餵養，養活。

九月築場圃，十月納禾稼，黍稷重穋，禾麻菽麥。
嗟我農夫，我稼既同，上入執宮功。晝爾于茅，
宵爾索綯，亟其乘屋，其始播百穀。
二之日鑿冰沖沖，三之日納于凌陰。四之日其蚤，
獻羔祭韭。九月肅霜，十月滌場。朋酒斯饗，
曰殺羔羊。躋彼公堂，稱彼兕觥，萬壽無疆！

● 場：秋天會把菜園子平整為曬打糧食的空地。● 圃：菜園子。● 重：通「穜」，禾穀早種晚熟。● 穋（ㄌㄨˋ）：禾穀晚種早熟。● 同：聚攏，會集。● 上：同「尚」，還要。● 執：執行，這裡指服役。● 宮功：修建宮舍。● 爾：語助詞。● 于：取。● 宵：夜晚。● 索：搓擰成繩索。● 綯（ㄊㄠˊ）：繩。● 亟：急，趕緊。● 乘：登上。● 沖沖：鑿冰聲。● 凌陰：貯冰的地窖。● 蚤：同「早」。● 肅霜：即「肅爽」，秋天氣候清明爽朗。● 滌場：即「滌蕩」，寒風吹過枝葉搖落。● 朋酒：兩樽酒。● 斯：語助詞。● 饗（ㄒㄧㄤˇ）：鄉人年終聚在一起飲酒。● 躋：登，升。● 稱：舉，高舉。● 兕觥（ㄙˋ ㄍㄨㄥ）：狀如伏著的兕牛的酒器。兕，野獸，如野牛而青。

鴟鴞

鴟鴞

鴟鴞鴟鴞，既取我子，無毀我室！恩斯勤斯，
鬻子之閔斯！

迨天之未陰雨，徹彼桑土，綢繆牖戶。今女下民，
或敢侮予！

予手拮据，予所捋荼。予所蓄租，予口卒瘏，
曰予未有室家。

予羽譙譙，予尾翛翛，予室翹翹，風雨所漂搖，
予維音嘵嘵。

這是一首假托禽鳥的寓言詩。哀哀呼告，真可謂情真意切，又不失理致。

● 鴟鴞（ㄔ ㄒㄧㄠ）：貓頭鷹，古人認為是貪惡之鳥，這裡喻壞人。● 恩：或作「殷」，殷勤，辛勞撫育子女。● 斯：語助詞。● 鬻（ㄩˋ）：通「育」，養育。● 閔：憂慮，擔心。● 迨（ㄉㄞˋ）：及，趁著。● 徹：通「撤」，剝取。● 桑土：亦作「桑杜」，桑根。● 拮据：手太過勞累而僵硬，不能屈伸自如。● 荼：蘆葦茅草的花穗。● 租：通「苴」，乾草。● 卒瘏（ㄊㄨˊ）：勞累致病。卒，通「悴」。● 譙譙：羽毛稀疏枯焦。● 翛翛：羽毛凋敝殘破。● 翹翹：高聳且危險。● 維：發語詞。● 嘵嘵：因恐懼而驚叫。

東山

東山

我徂東山，慆慆不歸。我來自東，零雨其濛。
我東曰歸，我心西悲。制彼裳衣，勿士行枚。
蜎蜎者蠋，烝在桑野。敦彼獨宿，亦在車下。

我徂東山，慆慆不歸。我來自東，零雨其濛。
果臝之實，亦施於宇。伊威在室，蠨蛸在戶。
町畽鹿場，熠燿宵行。不可畏也，伊可懷也。

東征的士兵要回家了，詩歌描繪歸途的境況，表達出對故園和家人的思念之情。

• 徂（ㄘㄨˊ）：往，前往。 • 慆慆：長久。 • 零雨：雨徐徐而降落。 • 濛：微雨，細雨。 • 士：同「事」，從事。 • 行：行軍打仗。 • 枚：形如筷，人和馬銜在口中，防止喧嘩和嘶鳴。 • 蜎蜎：屈曲蠕動。 • 蠋（ㄓㄨˊ）：像蠶一樣的青色蟲子。 • 烝：久。 • 敦（ㄉㄨㄟ）：身體蜷縮成一團。 • 果臝（ㄌㄨㄛˇ）：即栝樓、瓜蔞，葫蘆科植物，果實卵圓可食用，可入藥。 • 施（一ˋ）：蔓延。 • 宇：房檐。 • 伊威：亦作「蛜蝛」，生活在陰暗潮濕處的小蟲子，俗稱「地雞」「地鱉蟲」「地虱婆」。 • 蠨蛸（ㄒㄧㄠ ㄕㄠ）：喜蛛，一種長腳小蜘蛛。 • 町畽（ㄊㄧㄥˇ ㄊㄨㄢˇ）：屋旁空地，有禽獸踐踏的痕跡。 • 熠燿：閃耀發光。 • 宵行：螢火蟲。

我徂東山，慆慆不歸。我來自東，零雨其濛。
鸛鳴于垤，婦歎于室。洒埽穹窒，我征聿至。
有敦瓜苦，烝在栗薪。自我不見，于今三年。
我徂東山，慆慆不歸。我來自東，零雨其濛。
倉庚于飛，熠耀其羽。之子于歸，皇駁其馬。
親結其縭，九十其儀。其新孔嘉，其舊如之何？

• 鸛（ㄍㄨㄢˋ）：形似白鶴的水鳥。 • 垤（ㄉㄧㄝˊ）：土堆。 • 穹窒：將房舍的空隙堵塞。 • 我征：我的征人，這裡以妻子的口吻稱呼自己。 • 聿：語助詞。 • 有敦（ㄊㄨㄢˊ）：猶「敦敦」，言其圓。 • 瓜苦：苦瓜。 • 烝：猶「曾」。 • 栗薪：雜亂堆積的薪柴。 • 倉庚：黃鶯。 • 皇：通「騜」，毛色黃白相雜的馬。 • 駁：毛色紅白的馬。 • 縭：佩巾。女子出嫁，母親要親自給出嫁的女兒繫上佩巾。 • 九十：虛數，言結婚禮儀繁多。 • 新：新婚。 • 孔：甚，很。 • 嘉：美滿。 • 舊：這裡謂夫妻久別。

前484年，孔子回到魯國，已年近七十，自歎：「甚矣吾衰也，久矣吾不復夢見周公。」如此地魂牽夢繞，可見周公在孔子心目中的地位。史家認為在孔子之前，黃帝之後，於中國有大關係者，周公一人而已。的確，周公有其位，又有其德，創製輝煌燦爛的禮樂文化，而孔子生於魯國，長於魯國，且魯國又是周公的封國，他終其一生以恢復禮樂制度為己任，述周公之訓。孔子老了，年事已衰，自知難以復興周禮，故而哀歎之。

破斧

既破我斧，又缺我斨。周公東征，四國是皇。
哀我人斯，亦孔之將！

既破我斧，又缺我錡。周公東征，四國是吪。
哀我人斯，亦孔之嘉！

既破我斧，又缺我銶。周公東征，四國是遒。
哀我人斯，亦孔之休！

紂王之子武庚等人在殷商舊地發動叛亂，周公領兵東征，三年而定天下。隨周公東征的將士，在詩中表達出慶幸生還的喜悅之情。

• 缺：殘破，有了缺口。 • 斨（ㄑㄧㄤ）：方孔的斧。 • 四國：這裡指以管、蔡、商、奄為代表的叛亂諸國。 • 皇：通「惶」，惶恐。 • 哀：哀憐。 • 斯：語助詞。 • 孔：甚，表程度。 • 將：大。此句頌美周公哀我民人，其德甚大。 • 錡（ㄑㄧˊ）：鑿類兵器。 • 吪：感化，教化。 • 嘉：美善。 • 銶（ㄑㄧㄡˊ）：鑿柄。或以為是獨頭斧。 • 遒：穩固，安定。 • 休：美好。

伐柯

伐柯如何？匪斧不克。取妻如何？匪媒不得。

伐柯伐柯，其則不遠。我覯之子，籩豆有踐。

詩人以伐柯必須有斧頭為喻，央告媒人來為自己撮合婚姻。

● 柯：斧柄。 ● 匪：通「非」。 ● 克：能夠。 ● 取：通「娶」。 ● 則：準則，榜樣。 ● 覯（ㄍㄡˋ）：遇見。 ● 籩（ㄅㄧㄢ）：竹製器具，祭祀、宴會時用來盛果品。 ● 豆：古時盛食物的器皿，形如高腳盤。

傳統上有「禮不下庶人」之說。這是一種古老的執禮觀念，即不必苛求平民百姓去講究繁縟的禮儀。西周時期的禮樂文化主要在貴族社會階層推行，而所謂的庶人指稱的是西周時的農業生產者，他們在春秋時期地位在「士」之下，又在工商皂隸之上。這些無官爵的平民忙於生產，缺財少物，故而一些禮儀禮節不會向下施行到這個階層。

九罭

九罭之魚，鱒魴。我覯之子，衮衣繡裳。

鴻飛遵渚，公歸無所，於女信處。

鴻飛遵陸，公歸不復，於女信宿。

是以有衮衣兮，無以我公歸兮，無使我心悲兮。

這是一首留客詩。客人很尊貴，主人設盛宴，表達出殷殷的挽留之情。

● 九：虛數。 ● 罭（ㄩˋ）：細眼魚網。 ● 鱒魴（ㄈㄤˊ）：兩種較大的魚。 ● 覯（ㄍㄡˋ）：見，遇合。 ● 衮衣：王公所穿的繡以龍紋的上衣。 ● 繡裳：繡有五彩花紋的下裳。衮衣和繡裳均為貴族禮服。 ● 鴻：鴻鵠，一種大鳥。 ● 遵：沿著。 ● 渚：水中沙洲。 ● 公：這裡指客人。 ● 女：此地，這裡指主人的家。 ● 信：連住兩個晚上。 ● 處：居住。 ● 不復：不再回來。 ● 有：藏起來。把客人的華美禮服藏起來，示留客之殷切。 ● 以：使，讓。

狼跋

狼跋

狼跋其胡，載疐其尾。公孫碩膚，赤舄几几。

狼疐其尾，載跋其胡。公孫碩膚，德音不瑕！

老狼進退維谷，反襯之下，公子王孫卻是從容不迫，有聖德，有氣度。按傳統之見，這首詩是在頌美周公或成王。也有說法認為這是諷刺貴族公孫的詩。

● 跋：腳踩。 ● 胡：頷下的垂肉。 ● 載：同「再」，又，且。 ● 疐（ㄓˋ）：踐踩。 ● 公孫：諸侯之孫，這裡指貴族子弟。 ● 碩膚：心廣體胖、德高望重的樣子。碩，大；膚，肥胖。 ● 赤舄（ㄒㄧˋ）：貴族配禮服穿的赤色鞋，以金為飾。 ● 几几：鞋尖上翹彎曲。 ● 德音：言辭，這裡引申為德行聲名。 ● 瑕：瑕疵，過錯。

TITLE

繪詩經

STAFF

出版	瑞昇文化事業股份有限公司
繪畫	呼蔥覓蒜
編著	張敏杰
創辦人／董事長	駱東墻
CEO／行銷	陳冠偉
總編輯	郭湘齡
文字編輯	張聿雯　徐承義
美術編輯	謝彥如
國際版權	駱念德　張聿雯
排版	洪伊珊
製版	明宏彩色照相製版有限公司
印刷	龍岡數位文化股份有限公司
法律顧問	立勤國際法律事務所　黃沛聲律師
戶名	瑞昇文化事業股份有限公司
劃撥帳號	19598343
地址	新北市中和區景平路464巷2弄1-4號
電話／傳真	(02)2945-3191 / (02)2945-3190
網址	www.rising-books.com.tw
Mail	deepblue@rising-books.com.tw
港澳總經銷	泛華發行代理有限公司
初版日期	2024年7月
定價	NT$990／HK$309

ORIGINAL EDITION STAFF

出版人	曾賽丰
責任編輯	匡楊樂
監制	于向勇　劉毅
策劃編輯	陳曉夢　王莉芳
行銷編輯	段海洋　王鳳
版式設計	梁秋晨
封面設計	沉清Evechan

國家圖書館出版品預行編目資料

繪詩經/呼蔥覓蒜繪畫；張敏杰編著. -- 初版. -- 新北市：瑞昇文化事業股份有限公司, 2024.06
460面； 18x25公分
ISBN 978-986-401-749-2(平裝)
1.CST: 詩經 2.CST: 注釋
831.12　　113007237